ベリーズ文庫

エリート警視正は偽り妻へ愛玩の手を緩めない【極上悪魔なスパダリシリーズ】

水守恵蓮

JN019394

STARTS
スターツ出版株式会社

目次

エリート警視正は偽り妻へ愛玩の手を緩めない

【極上悪魔なスパダリシリーズ】

特別書き下ろし番外編

覚醒剤所持の現行犯で逮捕する！
上京初日でどうしてこんな目に…
ヘタ…
ううっ
待て
瀬名さん！
グイッ
瀬名純平（33）
こんな隙だらけの女が麻薬常習者だと…？
……!?
菅野歩（27）
尿検査ではシロか…
素人女を誤認逮捕するところだ
警視正の俺に恥を掻かせるな！
よかった…あの人のおかげで帰れる…

いろいろあって
私は麻薬取引の
関係者と
間違われたのだった…
東京コワイ
そして
今度は
あやしい男に
後をつけられ…
どうしよう…
瀬名さん
助けて…！
来てくれた！
恋人のフリして
やり過ごすぞ
えっ
私…恋人なんて
いたことな…
んっ…
しばらく
お前の身柄を
保護する
俺の部屋に来て
妻のフリをしろ
ええっ
偽装結婚って
こと⁉
私に務まるかな…
口絵：sak（サイドランチ）
キャラクター原案：えまる・じょん

エリート警視正は偽り妻へ愛玩の手を緩めない
【極上悪魔なスパダリシリーズ】

プロローグ

仕事を終えてオフィスを出たのは、ほんの数時間前——。

その時の私は、今夜自分がこんなことになるなんて、予想だにしていなかった。

名立たる大企業や、行政、金融機関が集中する、日本経済の中枢都市、東京《とうきょう》。

そんな世界的大都市の中心地に建つ、超高級タワーマンションの寝室。

大きなキングサイズのベッドは、去年友達とハワイ旅行をして、『海外旅行の時くらい、優雅な気分に浸ろう！』と奮発したラグジュアリーホテルより、ずっと立派。

今、私は、ゴージャスなベッドの真ん中に、生まれたままの姿で組み敷かれ……。

「あっ、あんっ、やっ……」

意志に関係なく漏れる恥ずかしい喘《あえ》ぎ声で、喉を嗄《か》らしている。

全身に纏《まと》いつくような唇と舌、手と指で施される執拗な愛撫《あいぶ》。

絶え間なく与えられる快感で、頭の芯まで溶かされてしまうのが怖くて、私は身を捩《よじ》ってシーツを掴《つか》んだ。

「……ふっ」

カタカタと戦慄《わなな》く私のうなじを、小さな吐息混じりの笑い声がくすぐる。

「もう、感じっ放しだな」

「っ、ひゃんっ！」

首の後ろ、柔らかい皮膚を前歯で齧《かじ》られ、背筋に痛烈な痺れが走った。

「気持ちよすぎて、『偽装結婚なのに』と抗《あらが》う理性も吹っ飛んだか」

彼は、自我を失った私をあざ笑うように、私の耳に唇を掠《かす》めながらねっとりと囁《ささや》く。

「お前の言う通り、偽装結婚は犯罪。……だからこうして、お前を抱いて」

なにか含めるように言葉を切るのと同時に、固く尖《とが》った私の胸の先を、骨ばった長い指できゅっと摘まむ。

「あ、ううっ」

私は、呻《うめ》きながら背を仰け反らせた。

「実際に夫婦生活をすることで、限りなく真実に近付けてやる」

耳朶《じだ》を甘噛《あまが》みされ、低く心地よい声を、直接鼓膜に刻まれる。

「あ、あっ……」

せり上がってくる、断続的な痙攣《けいれん》を抑えきれない。

なのに、彼の方は余裕綽々《しゃくしゃく》で、声も呼吸も乱れはしない。

「日本の夫婦の半数近くが、セックスレスという統計結果を知っているか？　それなら、こうしてセックスしている俺たちの方が、よっぽど本物に近い。……異論あるか？」

「ふ、うっ……」

問われて答えようとしたのは、異論だったか、それとも同意だったか。

どちらにしても、声にならずにくぐもった。

ゾクゾクと背筋を走る甘い痺れに全神経を侵され、抵抗の芽は摘まれた。

「さて、と」

彼は気が抜けるほど惚《とぼ》けた呟《つぶや》きを落とし、私から離れた。

「約束通り、十分優しく解してやった。そろそろいいだろ」

乱れた呼吸で胸を上下させる私に、どこまでも不遜に言い捨てる。

ぐったりと弛緩《しかん》した私の右足を持ち上げ、自らの腰を進めてきた。

「え……。あ、やっ……！」

自分がどんな格好をさせられているか確認して、羞恥に身を震わせた次の瞬間——。

「あ、ああっ‼」

身が裂かれるような痛みに襲われ、私は堪らず声をあげた。

目の前にチカチカと星が飛ぶ。条件反射で、全身を強張らせた。

「っ、く……。おい、落ち着け」

彼はブルッと頭を振ってから、宥《なだ》めるみたいに言って、私の唇を塞ぐ。

「う、むうっ……」

わりと酷い目に遭っているはずなのに、痛みを上回る強烈な快感に、全身が支配される——。


彼との出会いは、ほんの一週間前。

街路樹の枝に息吹く新芽に春の訪れを感じる、三月下旬。

大学卒業後、地元にある大手食品メーカーの地方支社で、丸五年営業事務職として働いていた私、菅野《かんの》歩《あゆみ》が、四月一日付けの異動発令を受けて上京した、その当日のことだ。

スタイリッシュで、とにかくスピードが速い都会での生活は、きっとなにもかもが刺激的に決まってる……！

その時の私は、新生活への期待で、胸を膨らませていた。

新しい環境、仕事に慣れたら、家と会社を往復するだけじゃなくて、プライベートも充実させたい。

職場以外でも友達を作りたいし、せっかく東京なんだから、スーツが似合う滅茶苦茶カッコいい彼氏も欲しい。

仕事とは別に、そんな邪な目標も、掲げてはいたものの……。

東京・日本橋《にほんばし》の本社ビルで、念願の商品企画部での勤務が始まって、四日目の今日。

今、私は、名前とおおよその年齢、職業しか知らない超絶美形な〝悪魔〟に、〝妻〟として愛でられている。

恋人でもない男性と偽装結婚して、大事な初めてを捧《ささ》げることになるなんて、夢にも思わなかった。

嵌められる

三月下旬。生まれてから二十七年暮らした地元を出て、ローカル線と新幹線を乗り継ぎ、地味に長い三時間の旅路を終え――。

「んーっ！」

東京駅のホームに降り立った私は、一泊分の荷物を詰めたボストンバッグを地面に置き、堪らない解放感で両腕を突き上げた。

後から出てきた乗客が私を避け、わざわざ振り返りながら、階段に向かっていく。微妙に笑われているのを感じて、身を縮めた。

高校の修学旅行以来、久しぶりの東京。

私が生まれ育った街とは、行き交う人の多さと空気、温度感が遥《はる》かに違う。

これからは、私もここで生活するんだから、慣れていかないと……。

改めて意識を強め、ボストンバッグを持ち上げて、そそくさと歩き出した。

人の流れにのまれて階段を下りたら、目指していたのとは違う、こぢんまりした改札口に着いた。

ここから出ても、乗り換えできるだろうか。

私は駅員さんを捜して、きょろきょろと辺りを見回した。だけど、自動改札横の窓口に駅員さんはいない。誰か他の人にと思っても、改札内は旅行客や出張らしきサラリーマン……荷物の多い人ばかり。みんなせかせかと先を急いでいて、声をかけて足を止めてもらうのも気が引ける。

ふと、太い柱の前にいる、黒いジャンパーで黒縁眼鏡をかけた背の高い男性が、目に留まった。片手を柱に突いて寄りかかり、もう片方の手で一心不乱にスマホを操作している。

邪魔しちゃう……かな。

でも、ずっとそこから動かないから、足を止めることにはならない。

そう判断して、思い切って近付いてみると、男性がいるのと同じ柱の影に、三十代後半くらいの女性を見つけた。

斜め掛けにしたショルダーバッグに、小さな紙の手提げバッグと軽装だし、旅行客ではなく、見送りに来た人じゃないかと考えた。

ということは、多分東京在住の人。交通手段にも詳しいと、期待できる。

私は迷わず、女性の方に歩いていった。

「あの」

声をかけると、女性がピクッと肩を動かす。

「え？」

不審そうな目を向けられ、私は条件反射でシャキッと背筋を伸ばした。

「突然お声がけして、すみません。乗り換え方法がわからなくて。教えていただけませんか」

女性から漂う警戒心を払拭しようと、明るく説明する。

「このホテルに行きたいんですが……」

そう言いながら、トレンチコートのポケットから取り出したのは、赤坂見附《あかさかみつけ》にあるホテルのマップだ。引っ越し先のマンションに荷物が搬入されるのは明日で、今日はこのホテルに一泊する予定でいる。

女性は私の手元を覗《のぞ》き込み、「ああ」と相槌《あいづち》を打った。

「丸ノ内線ですね。この改札から出ても行けますよ」

すぐ先の自動改札を指差し、道順を丁寧に教えてくれた。

「ありがとうございます。助かりました」

ホッと息をついて、笑顔でお礼を言う。女性は、何度か首を縦に振って応じて、

「東京で新生活を始める、新社会人さんですか？」

最初の尖った警戒心が嘘《うそ》みたいに、柔らかい表情で問いかけてきた。

「い、いえ！　異動、なんです。新年度から、東京勤務になって」

新社会人ではないと訂正すると、女性が「あら」と口に手を遣《や》った。

「すみません。お若く見えるので、まだ大学生かと」

「あ〜……よく言われます」

申し訳なさそうな女性に、ぎこちなく笑って繕った。

童顔で、実年齢より若く見られるのは慣れている。

二重目蓋《まぶた》で、目尻が下がり気味の大きな目。形は悪くないけど、低い鼻。ぽってりとした小さな口。全体のバランスは悪くないものの、美人にはほど遠く幼い顔立ちだ。

身長百五十七センチとやや小柄のため、大人っぽいロングヘアが似合わない。

ふんわりと柔らかい、茶色くカラーリングした髪は、鎖骨にかかるくらいのミディアムスタイルだ。

総合的に、私の見た目が人に与える印象は、ハムスターとかウサギの小動物、よくて猫といったところ。

初対面の女性に、学生と間違えられるのも仕方がない。

「それじゃ、まさに今ここが、新しい一歩なんですね。……これ、どうぞ」

女性はしみじみと言って、手にしていた紙バッグを私に差し出した。

「今日からの新生活が、あなたにとってよきものとなりますように」

「え。でも」

どなたかへの、プレゼントではないんだろうか。

受け取るのを躊躇《ちゅうちょ》した私に、女性はにっこり笑った。

「学生さんと間違えてしまったお詫《わ》びも兼ねて」

「そんな、お詫びだなんて。……でも、ありがとうございます」

わりと強引で少し気圧《けお》されたものの、あまり固辞するのも失礼かと思い、私は紙バッグを受け取った。

重みはない。そっと覗き込むと、綺麗《きれい》にラッピングされた小さな箱が入っている。

お菓子かなにかだろうと推測していると、

「それじゃあ」

女性は、私が顔を上げるまでのほんのわずかな間に歩き出し、ホームに向かう新幹線の乗客の波に紛れ、見えなくなってしまった。

「あ……」

その場にポツンと残されて、私は紙バッグを目の高さに掲げた。

東京での新生活。期待と同じだけ不安もあったけれど、最初に親切な人と出会えて、幸先がいい。心が温かくなって、なにかパワーを貰《もら》えた気分だ。

「よし」

私は自分を鼓舞するように呟き、新たな一歩を踏み出した。

eチケットを表示したスマホを自動改札にタッチし、颯爽《さっそう》と通り抜けた……その時。

「すみません。ちょっとよろしいですか」

突然現れたスーツ姿の背の高い男性に、行く手を阻まれた。

「え?」

反射的に足を止め、きょとんとして見上げる。

その途端、目の前に、黒いふたつ折りの革手帳をぶらんと突きつけられた。

近すぎて焦点を合わせられず、私はパチパチと瞬きをした。

写真入りの身分証よりも、その下の金色のエンブレムのような物に目が行く。

「……え」

実物を見たことがないから、本物かどうかはわからない。

でも、こういうシチュエーションは、映画やドラマで何度も見たことがある。

「警察の方、ですか?」

目を丸くして問いかけると、男性は手帳を畳み、「ええ」と言いながら上着の内ポケットに収めた。

「何点かお伺いしたいことがあります。お忙しいと思いますが、署までご同行願えますか」

言葉遣いは丁寧だけど、私を見下ろす瞳には、有無を言わせない力が漲《みなぎ》っている。

警察に話を聞かれるようなこと、私、なにかしただろうか?

「ど、どういったことでしょうか」

「ですから、署でお話しします」

おどおどと質問を挟んだものの、取りつく島もなく一蹴されてしまった。

私はなにも悪いことはしていない。身に覚えもない。でも、警察手帳を突きつけられ、『署までご同行』と言われて拒否したら、多分その方が問題だろう。

「……はい」

腋《わき》の下に嫌な汗を掻《か》き、カラカラに渇いた喉に声を張りつかせながら、応じるしかなかった。

その後、どこからかもうひとりガタイのいい男性が現れ、私は前後を固められて、八重洲《やえす》側から駅を出てすぐのところにあった、四角い箱のような交番に入った。

受付カウンターの奥の狭い部屋に連行され、思わず室内を見回す。長方形の簡易テーブルとパイプ椅子しかない。これが、ドラマでよく見る取調室だろうか。

私は、意味のわからなさと警察に囲まれている恐怖で、竦《すく》み上がった。

縋《すが》る思いで、女性から貰った紙バッグを抱きしめようとすると――。

「それ、こちらに。調べさせていただきます」

「え？　あっ！」

後から増えたガタイのいい男性に、引ったくられた。

「それは、さっき……」

「私は警視庁捜査一課の警部、新海《しんかい》と申します」

最初に声をかけてきた男性に自己紹介を挟まれ、グッと声をのみ込む。

「そちらは、厚生労働省麻薬取締部の捜査官、田込《たごめ》です」

「えっ。麻薬……？」

物騒なワードが耳に飛び込んできて、ギクッとした。

新海さんという警部さんから、麻薬取締部の捜査官と紹介された田込さんは、私に構うことなく、白い手袋を嵌《は》めた手で、紙バッグから小さな箱を取り出している。

私はその様を視界の端で気にしながら、新海さんの方に向き直った。

「あの……そういうおふたりが、私にどんなご用ですか」

普通に真面目に生きていれば、縁のない職種の方たちだ。

ますます意味がわからなくなり、怖々と探るように質問した。

新海さんが黙って鷹揚《おうよう》に腕組みをした時、

「新海さん、当たりだ。形状から見て、Sで間違いない」

田込さんのドスが利いた声が割って入った。

「え、エス……？」

「やっぱりそうか。グラムは？」

振り返って田込さんに聞き返した私を、新海さんの質問が阻む。

田込さんが、箱の中から、小さなビニール袋を摘まみ上げた。

「え……」

予想していたお菓子には到底見えない、砂糖の結晶体のようなものが、ごく少量入っている。

「十グラムってとこですね。末端価格で十から十五万くらいか」

田込さんが淡々と目算するのを聞いて、私はひくっと喉を鳴らした。

〝エス〟がなんだかわからなくても、彼らの職業から連想すれば、よからぬ危険物に決まってる……！　悪い勘が働き、心臓がドクドクと騒ぎ始める。

「ちょっ、ちょっと待ってください」

目眩《めまい》がしそうになって、額に手を当てて深呼吸した。

私が気を取り直すより早く、新海さんが「あなたのお名前は？」と問いかけてくる。

「菅野歩です。あの……」

「菅野歩。午後二時三十三分、覚醒剤所持の現行犯で逮捕する」

「ひえっ」

田込さんが意気揚々と宣言するのを聞いて、私は妙な声を漏らして縮み上がった。

「田込さん。マトリに逮捕権限はありませんよ」

蛇《へび》に睨まれた蛙《かえる》のように怯《おび》える私を気遣ってくれたのか、新海さんが苦笑混じりに、凄む彼を宥めてくれたけれど……。

「まあ、覚醒剤取締法第十四条第一項により、所持だけで罪に問われるのは事実です。簡易鑑定を行い陽性反応が出れば、第十九条、第四十一条の二により、使用の疑いでも逮捕、起訴に至ります」

法律を盾に、さらりと恐ろしいことを言って退ける。

「き、起訴って。待って。待ってください……」

激しい混乱で、頭の中が真っ白になった。

それでも、なんとか説明しようと、必死に思考回路を働かせる。

「それは私の物じゃありません。ついさっき、東京駅で電車の乗り換え方法を教えてくれた女の人からいただいて……」

言いながら、はたと思い至る。

ってことは、この覚醒剤は、あの親切な女性の物？　いや、でもまさかそんな。

自分の思考を否定して、私は頭を抱え込んだ。

「そう。その女。大島照子《おおしまてるこ》、四十一歳。我々がマークし続けてきた、国際麻薬密売組織『ミッドナイト』の、日本人バイヤーだ」

田込さんが腕組みをして胸を反らしても、理解が追いつかない。

「麻薬密売組織……バイヤー……」

「東南アジア諸国に幾つもの拠点を持つ巨大組織で、警視庁では、数年前からインターポールと情報を連携しています。昨年、国内でもミッドナイト絡みと見られる薬物が出回り始め、日本における売買ルートが確認されました」

新海さんが理路整然と説明してくれるけど、混乱のあまり、頭が朦朧《もうろう》としてきた。

「大島は末端バイヤーだが、東京駅で旅客に紛れて取引を行うという情報を得て、我々が張り込んでいた。そこに接触してきたのが、あなたというわけだ。菅野さん」

わざわざといった感じで名を呼ばれて、私はぼんやりと田込さんを見上げた。

「あの女性……大島さんは、捕まったんですか……？」

無意識に訊《たず》ねると、不快そうに眉をひそめられる。

「この状況で、他人の心配か。バカがつくお人好しだな」

呆《あき》れ顔で蔑まれ、呆然《ぼうぜん》と視線を彷徨《さまよ》わせた。

「さあ、もう理解しただろう。鑑定、始めさせてもらおう」

息巻く田込さんに、新海さんも無言で頷《うなず》く。この交番の制服警官を呼んで、鑑定の準備を始める。私の足はガクガクと震えて、その場にペタンと座り込んだ。

どうして、こんな目に。

乗り換え方法を教えてもらおうと、偶然話しかけた女性だ。

新生活を始める私への激励、嬉《うれ》しかったのに――。

「っ……」

混乱と悲しみ、そしてやるせない思いが胸に溢《あふ》れ、声が喉に詰まった。

「ふ、うう……」

込み上げてきた涙を堪えようとして、くぐもった声が漏れる。

「泣いても無駄です。さあ、立ってください」

新海さんが無慈悲に言い捨て、私の肘を掴んだ、その時。

「なんだ？　バイヤーに接触したS常習者……と報告を受けたんだが」

部屋の戸口の方から、初めて聞く低いトーンの声がした。

「あっ。瀬名《せな》さんっ……！」

新海さんが、即座に反応した。

それまでにも増してキビキビとした口調には、どこか緊張感が滲《にじ》んでいる。

私は涙が浮かんだ目をそろそろと上げ、新海さんの向こうに、凍えそうに冷たいオーラを放つ、やけに綺麗な男性を見つけた。

「それにしては随分と丸腰だが……それか？」

私を顎先で示し、革靴の踵《かかと》をカツカツと鳴らして、歩み寄ってくる。

私の目の前まで来て、胡散《うさん》臭いほど優雅に片膝を突き、

「お前、本当に大島から買ったのか？」

軽く曲げた人差し指で、私の顎をクイと持ち上げて訊ねてきた。

すぐ額の先で、男性のさらりとした黒い前髪が揺れた。

一筆で書いたような整った眉。涼しげな切れ長の目。強烈な目力を湛《たた》えた黒い瞳が、無理矢理目を合わせられた私を、真正面から射貫いてくる。

彼の質問はあまりに言葉足らずだったけど、もう今となっては、私がなにを疑われているか、重々承知している。

私はひくっと喉の奥を鳴らしてから、勢いよく首を横に振った。

「ち、ちが……私っ……」

身の潔白を訴えようと気が急いて、カラカラに渇いた喉に声が引っかかる。

彼はゴホゴホと咳《せ》き込む私から顔を背け、サッと手を離した。

「だろうな」

興味なさそうに言って、立ち上がってしまう。

「あ……」

まるで聳《そび》える壁のような彼を、私は喉を仰け反らせて見上げた。

顎を引いて私を見下ろしている彼と、再び目が合う。

鼻筋が通っていて、男らしい薄い唇。

芸能人顔負けの小さな顔に、個々のパーツが絶妙なバランスで配置されている。

こんな状況じゃなきゃ、二度見して見惚《みと》れてしまいそうな、綺麗な顔立ちだ。

彼は私の不躾《ぶしつけ》な視線を気にせず、新海さんを顧みた。

「お前、この女のどこが常習者に見える？」

底冷えしそうな声で問われた新海さんが、「はっ」と背筋を伸ばす。

「大島は一見客とは取引しませんから、この女も……」

「こんな見るからに隙だらけの女が、東京駅なんて人の多い場所で、堂々と取引するわけがないだろう」

彼はこれ見よがしに浅い息を吐いて、素っ気なく一蹴する。

「で、ですが。実際に大島からSを受け取り、所持の現行犯でもあります」

「だったら、鑑定を急げ。どうせ陰性だ。確認して、さっさと釈放しろ。誤認逮捕で一般人を長いこと拘束されたら、指揮官である俺の顔に傷がつく」

「はっ……」

新海さんが恐縮しきって、短い返事をすると同時に、

「準備、整いました！」

制服警官が固く強張った声を挟んだ。

それから私は、簡易キットによる尿検査を受けた。

検査結果が出るのに時間はかからないそうで、それまで狭い部屋にポツンと取り残された。粗末なパイプ椅子に座って身を縮こめ、膝の上でカタカタと手を震わせる。

陽性なんて結果が出ないのは、私自身が一番よくわかっている。

でも、私をここに連れてきて、逮捕する気満々だった田込さんや新海さんの様子を思い出すと、結果を捻じ曲げられたりしないかと、恐怖で身が竦む。

不安を募らせながら、永遠かと思うほど長い二十分を過ごし――。

「結果が出たぞ」

そんな声と共に、部屋のドアが開いた。

私は弾かれたように立ち上がり、目の前に聳える〝瀬名さん〟を見上げる。

彼は顎を引いて私を見下ろし、

「陰性だ。釈放していいな?」

私に結果を告げてから、後からついてきた新海さんを振り返り、確認した。

「はい。承知いたしました」

新海さんは敬礼してから、頭を下げる。

「あ……」

私は脱力して、その場にへなへなとしゃがみ込んだ。

茫然《ぼうぜん》自失している私を、瀬名さんが冷然と一瞥《いちべつ》する。

「立て。帰っていいぞ」

帰りたいのはやまやまだけど、腰が抜けてしまって立ち上がれない。

なにも言わなくても、私の状況を察したのか、彼は忌々しげに顔を歪《ゆが》め、「はあ」と声に出して息を吐いた。

軽く背を屈めて、私の腕を掴む。

「ほら」

「ひゃっ……」

半ば強引に引っ張り上げられて地を踏むと、自然と足に力が戻ってきた。

「部下が、すまなかった」

素っ気なく抑揚のない謝罪に、言葉通りの謝意は感じられない。

自分で指揮官と言っていた。

この人が登場した途端、新海さんの態度が変わったところを見ても、とても偉い人なのだろう。

彼は私の返事を待たず、颯爽と身を翻《ひるがえ》す。

私をその場に残し、部屋から出ていこうとするのを見て……。

私は反射的に手を伸ばし、高級そうな黒いスーツの上着の裾を掴んだ。

「え？」

彼が肩越しに、私の手元を見下ろしてくる。

「あ、あの。ありがとうございました……」

呆《ほう》けたままお礼を告げて、やっと、助かったという実感が込み上げてきた。

心の底から安堵《あんど》すると同時に、意志とは関係のない震えが湧いてくる。

「本当に、本当にありがとうござ……」

感極まって声を詰まらせる私に、彼は何度も瞬きをした。

私の手を掴んで解かせてから、まっすぐ向き直ってくれる。

「お前のためじゃない。先ほども言ったが、ただの一般人を誤認逮捕されては、逃げられるよりも赤っ恥を掻く。それだけだ」

淡々とした返事は、相変わらず芯が通った冷たさだけど。

「それでも、助けてくれました。あなたは私の命の恩人です」

私は、そんな言葉で、自分を奮い立たせる。腰を直角に折り、勢いよく頭を下げた。

「大袈裟《おおげさ》だ」

そう言われて顔を上げると、彼は呆れたような目で私を横柄に見下ろしていた。

「あの、お礼をさせてください。お名前、教えていただけませ……」

「さっさと失せろ。礼はそれでいい」

一歩前に出て詰め寄った私を、容赦ないひと言でビシッと寸断して、再び踵《きびす》を返してしまう。

「う、失せ……？」

さすがに私も、一瞬ポカンとしてしまった。だけど、すぐに気を取り直し……。

「それじゃ、あの……よかったら、これ皆さんで召し上がってください。私の地元の銘菓なんですけど……」

異動先への挨拶に配るつもりで買ってきたお菓子があるのを思い出し、ボストンバッグを左腕にかけ、ファスナーを開けた。

一番下に敷いてあるお菓子の箱を取り出そうと、ゴソゴソと漁り始めると、

「おい。こんなところで、荷物をぶちまけるな」

低い声で鋭く言われ、同時に右腕を掴み上げられた。

「え？」

思わず、彼を振り仰ぐ。

バチッと目が合った途端、彼は私の腕を放し、苦々しく顔を歪めて――。

「悪用したら、社会的に抹殺する」

夢でも警察が言ったとは思えない、肝が縮み上がりそうな物騒なひと言と共に、上着の内ポケットから名刺入れを取り出した。

一枚摘まんで、私の額にベシッと貼りつける。

「あ」

彼が手を引っ込めるとひらりと床に落ちてしまい、私は慌てて彼から両手を離してしゃがみ込んだ。

名刺を拾い、顔を上げた時には、彼はすでに新海さんを引き連れて、部屋から出ていってしまっていた。

「……早っ」

独り言ちながら、ゆっくり立ち上がる。いただいた名刺に目を落とし、

「瀬名純平《じゅんぺい》。警察庁刑事局。警視正……」

そこに書かれていた情報を、噛みしめるように読み上げた。

日本の警察の階級制度はよくわからないものの、新海さんの警部より上なのは確かだろう。見た目だけなら、瀬名さんの方が年下っぽいけど。

所属も、新海さんの警視庁と違い警察庁だから、噂《うわさ》に聞くキャリア・ノンキャリアというものが関係しているのかもしれない。

「……必ず、お礼いたします！」

私は名刺を両手の指で摘まんで額の高さに掲げ、背筋を伸ばして敬礼した。

と、そこに。

「おい。さっさと出ろ」

瀬名さんたちと入れ替わりで入ってきたのか、ものすごく不服そうな苦い顔をした田込さんが、素っ気なく促してきた。

「海外で同じことをしていたら、問答無用で現地で拘束、収監される。これに懲りたら、知らない人間から物を貰うなんて、軽はずみな行動は慎むんだな」

「っ、は、はいっ」

私は肝を縮めながら、いそいそと交番を後にしたのだった。

その日はビジネスホテルに一泊して、翌日、新居に荷物の搬入が終わった。

段ボールの片付けを半分ほど残して、夜になった。

残りの作業は明日にしようと決めて、バスタブに熱いお湯を張り、ゆったりと身体を伸ばす。

私の新居は、六階建てマンションの三階、八畳のワンルームだ。

会社がある日本橋には、電車の乗り換えなしで三十分ほど。都心へのアクセスがよく人気の街らしく、家賃が高い。家賃補助を受けても、この広さが限界だった。

でも、初めてのひとり暮らし。しかも東京で！　私の心は躍っていた。

まあ、到着早々とんでもない目に遭って、生きた心地もしなかったけど……と、かなりひんやりすることを思い出し……。

ザバッと音を立てて立ち上がり、脱衣所のカゴからスマホを持って、もう一度湯船に浸かった。

バスタブの縁に後頭部を預け、Ｗｅｂで〝警視正〟を検索して、一番上にヒットしたサイトを開いてみた。

やっぱり警部より上。上から四番目の階級だった。

警察官採用試験の合格者で、ノンキャリアと呼ばれる地方公務員にも昇任可能な階級だけど、相当な狭き門で、実際にはほとんどいないそうだ。

瀬名さんは、せいぜい三十代半ばくらい。それで警視正なら、きっとキャリア組なのだろう。

キャリア組には二種類あって、国家公務員総合職採用試験合格者をキャリア、国家公務員一般職採用試験合格者を準キャリアと呼ぶらしい。キャリアは事件の指揮を執り、準キャリアは現場で事件の捜査に当たることもあるそうだから、彼は多分前者。一年に数名しか採用されない、エリート中のエリート。警察官や刑事ではなく、警察官僚と呼ぶようだ。それほどの人なら、あの時の壮絶に偉そうな態度にも納得がいく。

私はスマホから目を離し、天井を仰いで「ふーっ」と息を吐いた。

今さらだけど、すごい人に出会っちゃったな。

普通に生活してたら、職業的にも顔面偏差値的にも絶対知り合いになれない、ハイスペックな人……。

「お礼、なにがいいかなあ……」

なに不自由なさそうなイケメンだから、というだけじゃなく、私が生まれてこの方男性とお付き合いしたことがないせいで、どんなお礼なら喜ばれるか、アイデアが浮かばない。

私は、のぼせるまで湯船に浸かって、考え続けた。

新年度を迎え、私は無事、商品企画部第一製菓グループに着任した。

五年間地方支社で営業事務を担当しながら、自社の売れ筋商品には、常にアンテナを張っていた。

東京本社では、売れる商品をどんな風に企画しているのか。どんな過程を経て、商品化に至るのか。興味が尽きず、入社三年目で異動希望を出した。

人気部署だし、何年待っても無理かもしれないとも覚悟していたけど、たった二年で異動が叶うなんて、私はラッキーだ。

せっかく東京に来たのだから、絶対、空前のヒット商品を企画してみせる。そのためにも、スタートラインで置いていかれるわけにはいかない。

東京に到着した時から、人との速度感の違いは自覚していた。

私はもともとのんびりした性格だし、意識して仕事のペースを上げないと、あっという間に取り残される。一段階も二段階もギアアップして、朝から定時まで全力で働き、退社する頃には身体が鉛のように重かった。

寄り道せずにマンションに帰ると、もうなにもする気力がなく、夕食もとらずにベッドに突っ伏すだけで、最初の三日間が過ぎていった。

新しい環境への緊張と疲労が蓄積していて、金曜日は朝からヘトヘトだったものの、一日の仕事を終えて解放されると、気持ちが上向いた。

ショッピングに出かける余裕はないけど、今日はちゃんと、夕ご飯を食べたい。

駅までの帰路の途中にあるデパートの地下街で、ちょっと高級なお惣菜《そうざい》でも買って、今週の自分を労ってあげよう。

明日は休みだし、お酒も飲んじゃおうか。

せっかくの東京ひとり暮らし、おひとり様を存分に満喫しよう！

とんでもなくいいアイデアのような気がして、私は少し胸を弾ませながら、広い通りを歩いた。

金曜日、アフターファイブのオフィス街には、これから遊びに繰り出す様子の、お洒落《しゃれ》なＯＬの姿が目立つ。数人の女性グループとすれ違い、ふわっと香るいい匂いにつられて、ついつい足を止めて振り返った。

いいなあ。みんな、楽しそう。

私は、仕事に慣れるのが先決だけど、もう少ししたらプライベートも充実させたい。

そのためにも、一刻も早く、本社の女性に負けないセンスを身につけ、公私共に追いつかないと！

決意を新たに、再び歩き出そうとした時。

「ん？」

女性グループとすれ違った、黒縁眼鏡ですごく体格がいい男性に目が留まった。

全身黒ずくめ。もこもこのダウンジャケットで、前のファスナーを首までしっかり締めている。

もう春なのに。随分と重苦しい服装……と考えて、引っかかりを覚えた。

……あれ。私、昨日も今朝も、通りすがりの男性に、同じこと思わなかった？

思い当たってみると、黒ずくめの男性に既視感がよぎった。

男性は目を伏せ、やたらゆっくり歩いていて、たくさんの人に追い越されている。

私がジッと目を凝らしていると、進路を確認するように顔を上げ……。

「……え？」

予期せずまっすぐ視線が来て、バチッと目が合ってしまった。

それが私だけの感覚じゃないのは、男性がギクッとしたように足を止めたことからもわかる。私が見ている中、目が合った事実を誤魔化すかのように、いそいそと歩道の端に寄っていく。

首を竦めてジャケットのポケットからスマホを取り出し、そそくさと操作し始めた。

「……？」

違和感をやり過ごし、先を急ごうとして。

——ちょっと待って。

今朝、あの人とよく似た男性を見たのは、マンションを出てすぐの、信号待ちの時だった気がする。昨日は、今と同じ、会社から駅に向かう途中。

ご近所の人と職場が近いことは、この狭い東京では、わりとあるんだろうか。

頭では納得できるけど、心臓は反旗を翻すように、嫌なリズムで拍動し始める。

よくあることかもしれない。

でも、生活時間帯まで一緒なんて、あまりにも不自然だ。

突如速度を増した心拍が、鼓動を乱す。ドクッドクッと、頸動脈《けいどうみゃく》が脈打つ音がする。頭にまでゾワッと鳥肌が立ち、私はせかせかと歩き出した。

途中、赤信号に捕まり、肩越しに後方を確認する。

少し距離はあるけど、やっぱり黒いダウンジャケットの男性を見留めて——。

「っ……！」

歩行者信号が青に変わると同時に、地面を蹴った。

横断歩道を渡る人の隙間を縫うように、猛然とダッシュする。

都会の広い大通りに、私のパンプスの踵がアスファルトを打つ音が木霊し、ガンガンと鼓膜に響く。

五十メートルほど全速力で走り、息が上がった時、デパートの正面入口が見えてきて、中に逃げ込んだ。一階には、化粧品売り場が並んでいる。私はショーケースをチラチラ見るフリをしながら、たった今通ってきた入口を視界の端で見遣り……。

まさにそこから、黒いダウンジャケットの男性が入ってくるのを見て、全身が総毛立った。

「な、なんで……！」

もう、間違いない。あの人は、私を尾《つ》けている。

いつから？　まさか、住所も知られてるの？

東京に来たばかりなのに、どうしてこんな……と、パニックで泣きそうになって、ハッと息をのんだ。

これも、覚醒剤を渡されて捕まりそうになったことと、関係あるんじゃ？

あの時の女性と取引するはずだった本来の客が、私に渡った分を取り返そうとしてるとか――。

目まぐるしく思考回路を働かせて導き出した仮説は、自分でも絶対の自信が持てた。

もしも接触して、警察に没収されたと知られたら、私……殺されるんじゃない？

確かな危険の予感に、身体の芯から戦慄《せんりつ》した。情けなく顔を歪め、どうしようどうしようと考えながら、化粧品売り場をウロウロする。

誰か、助けて……！

心の中で強く助けを求めた瞬間、財布に瀬名さんの名刺を入れてあることを思い出し、その場にピタッと立ち止まった。

「瀬名さん……」

バッグから財布を取り、縋る思いで名刺を摘まみ出した。

警察庁刑事局の住所の下に、03と080で始まるふたつの電話番号が記されている。

私はスマホを手に取り、ためらいなく080から始まる番号に電話をかけた。

仕事中で、出てくれなかったらどうしよう。

知らない番号だと、無視されたらどうしよう。

いや、曲がりなりにも警察だし、着信を無視することはないはず……。

二回、三回、四回とコールが続き、焦りと絶望で胸が潰れそうになった、その時。

『……もしもし？』

ものすごく訝《いぶか》しげな低い声が、私の耳に届いた。

目の前が拓《ひら》けた気分で、「瀬名さんっ」と呼びかけてしまう。

『……は？』

彼の声から不審感《ふしんかん》は消えないけれど、「菅野です」と名乗って再び歩き始めた。
「この間、危ないところを助けていただいた、菅野歩ですっ」
上擦りそうになる声を必死に抑え、手で口元を覆って早口で補足した。
『記憶にない。切るぞ』
返事はあまりにもつれない。だけど、今切られたら堪らない！
「か、かく……え、Sの件で、瀬名さんの部下の新海さんに連れていかれて」
辺りには、買い物客もいる。人の耳を気にして、遠回しに説明した。
『……ああ。あの時の、腰抜け女か』
随分と酷い覚えられ方だけど、瀬名さんも思い出してくれたようだ。
『俺の名刺を悪用したら抹殺すると言っておいたはずだが？』
氷のような冷たい声で凄まれようと、今は凍えている場合じゃない。
「助けてください！　追われてるんですっ」
涙混じりに小声で叫ぶという高等テクを駆使すると、一瞬の間の後、
『え？』
瀬名さんも、ようやく私の話に耳を傾けてくれた。
この機を逃さず、『すぐ行く』という言葉を期待して、必死に今の状況を伝える。

ところが。

『交番に駆け込め』

すげない指示が返ってきた。

「ま、待って！　それまでに、捕まっちゃいますっ……！」

スマホに向かって発した声は、悲壮な泣き声に変わった。

「私、上京したばかりでひとり暮らしで、東京に友達も知り合いもいない。怖いんです。お願い、助けて……」

電話の向こうの瀬名さんは、少しの間沈黙したけれど。

『どこにいる？』

「え？」

短く問われ、条件反射でピタッと足を止めた。

『今、どこかと聞いている』

「あ。会社の近く。日本橋のデパート……」

無意味に辺りを見回しながら、答えると。

『通りに出て、待ってろ』

「っ、え？」

『デパートの中じゃ、見つけるのに苦労する。そこの通りなら交通量も多いし、通行人も絶えない。たとえ声をかけられても、危害を加えられることはないだろう。十分ほどで到着する』

瀬名さんは、キビキビと事務的に言って、私の返事を待たずに電話を切った。

私は瀬名さんの指示通り、デパートを出て外の通りに移動した。陽が落ち、薄暮が訪れる中、車道を背に立ち尽くす。

黒いダウンジャケットの男性は、デパートの正面入口にいる。

瀬名さんがどこから現れるかわからないから、私は目の前を行き交う通行人に隠れるようにして、ソワソワと辺りに視線を走らせていた。

電話を切ってから、十分と少し経った時。

「待たせたな」

右方向から低い声が聞こえて、私は弾かれたようにそちらに顔を向けた。

「あ……」

涼やかで端整な顔立ちの無表情のイケメン、瀬名さんがすぐそこまで来ていた。

心の底からホッとすると同時に、鼻の奥の方がツンとするのを感じながら、私からも彼に駆け寄った。

「瀬名さんっ……」

長身の彼の前で、ピタッと足を止めると。

「どこにいる?」

瀬名さんは短く言って、サッと視線を動かした。

私はごくりと喉を鳴らしてから、

「デパートの、正面入口……。黒いダウンジャケットの、大きな男の人が」

肩を縮めて答えると、頭上から「ああ」と相槌が降ってきた。

「いるな」

瀬名さんは素っ気なく呟き、小さな息を吐く。

デパートに背を向け、私を男性から隠すように、目の前に立ち塞がった。

「上京してきて、ひとり暮らしと言っていたな」

「は、はい」

「家まで送っても、ひとりになれば同じことの繰り返しだ。俺を恋人とでも思って、
それらしいフリをしろ」

「っ、こ、恋人、ですか」

予想だにしなかった要求に、やや声がひっくり返る。

「しっ」と鋭く制され、口を噤《つぐ》んだ。

「今日は帰らない方が安全だ。このまま、彼氏と泊まりに行くとでも思わせておけ」

「えっ⁉」

早口の指示に、私はまたしても声をあげた。

瀬名さんが不快げに眉根を寄せるのを見て、慌てて両手で口を覆う。

一度深呼吸してから、そっと両手を離した。

「今夜は彼氏とお泊まり風な演技、どうやったらそれらしいですか」

目を泳がせ、恐る恐る訊ねる。

「は？」

「わざとらしいと、嘘だって見抜かれそうじゃないですか」

「普通にやれるだろ、そのくらい」

コソコソと答えた私に、瀬名さんはすげなく言い捨てる。

だけど。

「それが……今まで、恋人って、いたことなくて」

私は意味もなく両手の指を絡め、ボソボソと小声で告げた。

「……は？」

たっぷり一拍分の間の後、怪訝《けげん》そうに聞き返される。

「二度言わせないでください。お、男の人と付き合ったこと、ないんです。生まれてこの方。二十七歳の今まで……」

さすがに二度言うのは恥ずかしくて、モゴモゴと言い淀《よど》んだ。

瀬名さんは大きく目を見開き、別の生き物を見るような目で私を見下ろしている。

彼が感情を顔に表すのを、私はこの時初めて見たけれど。

「ちょっ、そんな、信じられないって顔しなくてもいいじゃないですかっ」

羞恥心が込み上げてきて、ムキになって頬を染めた。

瀬名さんは、小さく舌打ちして……。

「……ったく。世話の焼ける」

「っ、え……？」

突然私の腕を引き、美しくシャープなラインの顎を傾け、背を屈めた。

神がかり的に美しい顔が一気に近付いてきて、大きく目を瞠《みは》る。

瀬名さんが落とす影で、視界が暗くなった次の瞬間、

「……!?」

私の唇は、彼のちょっと冷たい薄い唇に塞がれていた。

上唇を柔らかく食《は》まれる、今まで知らない感触に、思考回路が停止する。

瀬名さんは、切れ長の目を薄く開き、サッと横に流した。私のことは見ずに、しばらく唇を啄《ついば》んでいたけれど……。

「……よし。完了」

「え……？」

意味のわからない呟きと同時に、唇が離れていった。

なにが起きたのか理解できずに、ボーッとする私の肩をグイと抱き寄せる。

「行くぞ」

「い？　え。あ、あのっ……」

ほとんど引き摺《ず》られるようにして歩き出すと、辺りがざわざわしていた。

女性数人のグループが口に手を当て、興味津々で遠巻きにしているのに気付き、

「……‼」

人目も憚《はばか》らず、道端で瀬名さんとキスしていた私への冷やかしだと察した。

頭のてっぺんから蒸気が噴きそうなほど顔を火照《ほて》らせる私とは真逆に、瀬名さんはまったく表情を変えない。車道際に寄り、サッと手を上げてタクシーを止めると、私

を後部座席に押し込んだ。

「あの、瀬名さ……」

ようやく我に返って、耳まで真っ赤にしてあわあわする私の隣に自分も乗り込み、

「品川《しながわ》まで」

運転手に、短く行き先を告げた。

「え、し、品川？」

タクシーが走り出しても、ひとりパニックしている私を横目で見遣る。

「ひとまず、俺の家に来い」

それだけ言って、やや窮屈そうに長い足を組む。

「え……えええっ⁉」

ギョッとして素っ頓狂な声をあげると、ギロッと睨まれた。

「うるさい。静かにできないなら、今すぐ突き落とすぞ」

冗談ではなく本気で言っているのは、凍りつきそうなほど冷え切った視線を浴びれば、よくわかる。

「は、はいっ……」

私は竦み上がって、それきり黙り込んだ。

手折られる

都会の広い道路を走り出して二十分ほどすると、タクシーはいかにも高級そうなマンションが建ち並ぶ閑静な住宅街に入った。

瀬名さんの指示でタクシーが停車したのは、その中でも一際天高く聳えるタワーマンションの前。先に降りた私は、そのとんでもないゴージャスさに度肝を抜かれ、ポカンと口を開けて仰ぎ見た。

これはどう見ても、単身者用の賃貸マンションではない。

勝手に独身だと思ってたけど、このマンションを見る限りひとり暮らしではないだろう。そうなると、十中八九既婚者だ。

この時間、奥様はご在宅だろうか。

なんて自己紹介すればいいんだろう。瀬名さんが指揮する事件に巻き込まれた一般人と、素直に名乗ってしまっていいんだろうか。

そこまで考えて、私ははたと思い至った。

って言うか……瀬名さん、奥様がいるのに、私にキスしたの⁉

〝恋人とお泊まりのフリ〟すらできなかった私に呆れ果ててての行為で、当然深い意味はないだろうけど、それにしたって。

大事な奥様がいるのに他の女性にキスして、その後すぐに堂々と家に連れてくるなんて、尋常じゃない！

今さらの動揺と共に、心臓がバクバクし始めた。

それに……改めて思い出すまでもなく、私、ファーストキスだったんだけど⁉

二十七にもなって、キスひとつで騒ぐことじゃないかもしれないけど、私は恋人がいたことがない。デートはもちろん、男性とふたりで食事に行ったこともない。

当然、キスだって初めて。なのに、あんな道端で。注目されて、冷やかしの目で見られて……。瀬名さんの奥様には申し訳ないけど、私だって可哀想じゃない⁉

助けに来てもらったことには、感謝しかない。

でも、キスされたことは、憤慨していいはず。

「あ、あのっ！　瀬名さんっ」

精算を終えてタクシーから出てきた彼に、私はやや食い気味に呼びかけた。

なのに瀬名さんは、私の前を通り過ぎ際にチラリと一瞥して、

「入れ。ここの三十階だ」

それだけ言って、さっさとエントランスに歩いていく。

「あ。ちょっと……！」

私は猛然とダッシュして、彼の前に回り込んだ。

行く手を阻まれた形の瀬名さんは、一瞬虚を衝かれた様子で、目を丸くしたものの。

「退け。邪魔」

短い命令をして、グイと手で押し退けてくる。

「き、キスには、抗議したいです！」

私は、退けられないように両足を踏ん張って、声を挟んだ。

「は？」

「奥様ご在宅でしょう？　あんなキスされた後すぐに、どんな顔して。平気な顔でお邪魔できるわけないじゃないですかっ」

自分で言ううちに興奮が強まり、頬がカアッと茹《ゆ》だってしまう。

瀬名さんは無言で腕組みをして、冷ややかな目で私を見下ろし、

「どんな顔もしなくていい。俺は独身で、過去にも妻はいないからな」

「っ、え？」

「二度言わせるな。さっさとしろ」

私を避けるように大回りして、重厚なドアを押し開け、エントランスに入っていった。

「え？　え？」

私はパチパチと瞬きをした。慌てて回れ右をして、先を行く広い背中を追いかける。

「で、でも。こんなすごいマンション……」

ほとんど小走りで彼の隣に並び、表情の変わらない横顔を見上げた。

「ひとり暮らしだ。文句あるか」

コンシェルジュがいるロビーを過ぎ、エレベーターホールに入ったところでじろりと睨まれ、

「いっ、いえっ！」

条件反射でブンブンと首を横に振った。

瀬名さんが、エレベーターの呼び出しボタンを押す。

間もなく到着した箱に乗り込み、私は恐縮して首も肩も縮めていたけれど。

……ちょっと待って。

ひとり暮らしの男性の家にのこのこ上がり込む方が、よっぽどマズいんじゃない？

ハッと息をのんでも、もう遅い。

エレベーターは居住フロアに直結のようで、一気に三十階まで上昇を始めた。

「せ、瀬名さんっ」

できる限り隅っこに身を寄せ、やや上擦った声で呼びかけた。

瀬名さんは唇を結んで、『まだなにかあるのか』とでも言いたげに、鬱陶《うっとう》しそうな視線を向けてくるだけ。

「ひとまず、って。私は今夜どうすれば……」

「着いたぞ。さっさと降りろ」

質問の途中で、エレベーターのドアが両側に開いた。トンと背中を押され、私はほとんどつんのめりながら、三十階のフロアに降り立ってしまった。

瀬名さんはスタスタと通路を進んでいき、奥の角部屋の前で止まった。

ドア脇のパネルにカードキーを翳《かざ》して認証させ、ドアを解錠する。

……高級ホテルみたい。これぞ最先端という感じ。

ハイテク設備に感銘を受ける私に『どうぞ』と促してくれるでもなく、瀬名さんはさっさと玄関に入っていった。

私も慌てて、閉まりかけたドアの隙間から、身を滑らせる。

「お、お邪魔しまーす……」

いろいろ度肝を抜かれて、『平気な顔でお邪魔できるわけないじゃないですかっ』と口にした時の気概はなくなっていた。

彼の後を追って、長い廊下を奥まで突っ切ると、ドア口に立った私の視界いっぱいに、広々としたリビングダイニングが映り込んだ。

「うわー……」

このリビングだけで、私のワンルーム何戸分だろう？

高層階の角部屋という特性上、向こう側は一面ガラス張り。視界を阻むものがなにもない状態で、東京の空を望める。

あいにく、今は真っ暗だけど、天気のいい休日などは、眺めを堪能できそうだ。

ドア口に突っ立って感嘆する私に構わず、瀬名さんはスーツの上着を脱ぎながら、さらに奥に歩いていった。私も、室内を見回しながら、後に続く。

立派なリビングに相応《ふさわ》しく、家具もまた贅沢《ぜいたく》だ。高級家具店のショールームに展示されていそうな重厚なサイドボードに、ホームシアター張りに大きなテレビ。

瀬名さんが向かっていったアイボリーの革張りのソファは、ラム革だろうか。

上質で柔らかそうなのが、見ただけでわかる。

彼はそこに上着を無造作に放ると、私をチラッと一瞥して、「座れ」と命令した。

「は、はい。失礼します……」

私は従順に返事をして、隅っこに身を寄せ、浅くちょこんと腰かけた。

瀬名さんはネクタイを緩めながら、大きく機能的な調理台が置かれた、スタイリッシュなキッチンに入っていく。

コーヒーを淹《い》れたのか、香りのいい湯気が立つマグカップをふたつ手に、こちらに戻ってきた。私の前のテーブルに、ひとつ置いてくれる。

『どうぞ』とは言ってくれないけれど、どんなに短くても無駄な説明は省く人だと、もう十分わかっていた。

「あの……ありがとうございます」

瀬名さんは、私が両手でマグカップを持ち上げるのを横目に、自分は対面のソファに移動して、ゆったりと腰を下ろした。

「いただきます」

目線で応じてくれるのを見て、息を吹きかけて冷まし、一口啜《すす》って吐息を漏らす。

「お前を尾けていた男」

瀬名さんも、一口飲んだ後、そう切り出した。

ハッと顔を上げる私の前で、スラックスのポケットからスマホを取り出し、長い足を組む。

「部下に動画を送って、データベースで照合させている。ただのストーカーだったら、俺が知ったこっちゃないが、お前が言うように、事件の関係者の可能性がある以上、見逃せない」

「え……」

淡々と説明する途中で、画面を上に向けたスマホを、テーブルに滑らせてくる。

『見ろ』という意味なのは、察せられた。

私はスマホと彼を交互に見遣ってから、マグカップをテーブルに戻した。

ためらいながら、彼のスマホを手に取り……。

「⁉ い、いつの間に」

動画に映っているのは、先ほどの黒いダウンジャケットの男性だった。

少し遠い上に、画像も揺れる。通行人に阻まれ、なかなか焦点が定まらないけど、男性自体がその場から動かないから、目を凝らしていると慣れてくる。

「お前にキスしてる間に撮影して、送信まで済ませておいた」

「⁉」

私が呆然とされるがままでいる間に、瀬名さんは動画を撮影して、メール送信まで完了させていたとは……！　なんて余裕綽々……というか、瀬名さんにとって私のファーストキスは、その作業の片手間だったってこと？

なんだかいろいろ悔しくて、スマホを持つ両手がプルプルと震える。

だけど。

「……この人、ずっとこっち向いてる」

私は、ポツリと呟いた。

男性は落ち着きなくスマホを弄《いじ》りながらも、顔はこちらを向いていて、時折目線を上げる。つまり、ずっと私と彼を見ていたということ。

「っ」

瀬名さんが来てくれるまでの恐怖を思い出し、条件反射でゾクッと身震いする。

もしかして……。いきなりのキスは、この男性の顔を動画に残す目的で、気を引いておく必要があったから——？

ハッとして息をのむと同時に、頭上からふっと影が落ちてきて、手からスマホを抜き取られ……。

「知らない人間から物を貰って、覚醒剤の常習犯と間違われてしょっ引かれたのは自業自得だが、それでお前が組織に目をつけられ、危険に晒《さら》されては、俺が困るんだよ」

「え……」

私の目の前に立った彼の美しい顔が、不愉快そうに歪み、凄みを増す。

なんだかんだ言っても、瀬名さんはやっぱり警察だ。

電話した時は、交番に行けなんてバッサリ斬られたけど、こうしてちゃんと心配してくれる。感動して、胸がきゅんとした。

なのに。

「一般人を巻き込む事態になったら、俺の責任能力を問われる。これまで築き上げた輝かしい経歴に傷がつく」

——そっちか。

考えてみれば、私を釈放してくれた時も、部下にそう言っていた。ときめいてしまった分、がっかりだ。

肩を縮めて溜め息をついた私に、

「そういうわけで、お前を野放しにはしておけない。男の身元が判明してシロと断定できるまで、クロなら逮捕するまで。当面の間、お前はここで生活しろ」

瀬名さんが腕組みをして、そんな命令をした。

私は、なにを言われたのか瞬時に理解できず……。

たっぷり二拍分の間を置いてから、恐る恐る顔を上げた。

「仕事への行き帰りは、俺の実家から運転手を寄越させる。無駄に出歩くな」

「運転手⁉」

「それから、家に出入りするのをマンションの住人に見られて、女を連れ込んだと誤解されても迷惑だ。お前は、俺の妻ってことにしておく。コンシェルジュにもそう言っておくから、そのつもりで……」

「せ、瀬名さんの妻を装って一緒に生活って……偽装結婚ってことですか⁉」

思考回路が一気に繋《つな》がり、私はギョッと目を剥いて、声をひっくり返らせた。

「いや。その間、俺は実家なり宿舎なりに……」

「ど、どうしよう。男の人と付き合ったこともない私に、瀬名さんの妻が務まるかどうか……」

動揺のあまり落ち着かず、ソワソワと立ち上がる。

「おい、人の話を……」

「あれ？　でも、偽装結婚って犯罪じゃ？　もし警察にバレたら、私も瀬名さんも逮捕される……？」

これは一大事と合点した途端、激しいプレッシャーが込み上げてきた。

「大変。絶対バレないように、立派な妻にならないと……」

顔を引き締め、ブツブツと独り言ちると。

「……くっ」

瀬名さんが、小気味よく肩を動かした。

「くっくっくっ……あー、ヤバ」

最初からずっと冷ややかで、表情の変化といったら、私を小馬鹿にする時に眉尻が上がるくらいだった彼が、本当に愉快そうに声を漏らして笑っている。

「あ……」

普段無表情な人の笑顔に、私の心は鷲《わし》掴みにされた。

私の方こそヤバい。

瀬名さんって、笑うとちょっと可愛《かわい》いかも……。

超レアな笑顔がものすごく尊くて、心臓への破壊力が半端じゃない。この表情に、全部持っていかれた気分。

私の胸が、ドッドッと早鐘のように打ち出した。

そうとも知らず、瀬名さんは口元に手を遣って、ひとしきり笑った後。

「お前、名前なんて言ったっけ？」

「え、そこ⁉　……菅野です。菅野歩」

「歩、ね。了解」

電話でちゃんと名乗ったのに、記憶に留めてもらえていなかったことに憤慨するより、さらりと下の名前で呼ばれたドキドキの方が優った。

思わず両手を胸に当てる私に、瀬名さんは顎を撫《な》でながら、ふっと目を細める。

「それじゃあ、早速務めを果たしてもらおうか。立派な妻の」

妖しい光を湛えた瞳にギクッとする私を、いきなり横抱きに抱え上げた。

「え？　きゃっ⁉」

人生初のお姫様抱っこ。

足を掬《すく》われる感覚に怯《ひる》み、彼の首に両腕を回してしがみついてしまった。

瀬名さんはリビングを突っ切り、奥の階段に向かっていく。

「えっと、どこに……」

恐る恐る問いかけながら、顔の近さにギョッとして、慌ててパッと両腕を離した。

「寝室は、メゾネットの二階にある」

淡々とした返答が、すぐ耳元で聞こえる。

「し、寝室？」

無駄に身を縮こめ固まりながら、上擦った声で訊ねた。

彼は軽い相槌だけして、トントンと小気味よい足音を立てて、階段を上っていく。

二階の一番奥が、寝室だった。

瀬名さんは、そのど真ん中に鎮座している、高級ホテル並みに立派なキングサイズのベッドに直進する。

「ひゃっ……！」

私はベッドに放り投げられ、スプリングが弾む衝撃をやり過ごした。

すぐにベッドに肘を突き、身を捩って上体を起こす。

「あ、あの……？」

「偽装でも、限りなく真実に近付ければ、〝犯罪〟という罪悪感も湧かないだろ？」

瀬名さんも、ベッドに乗り上げてきながら、そう言った。

ネクタイを解き、私を跨《また》いで膝立ちになる。下からだと、切れ長の目元に影が射して見える。憂いが漂うダークな雰囲気が壮絶にセクシーで、私の背筋を寒気にも似た戦慄がゾワッと貫いた。

「か、限りなく近付けるって」

私が反芻《はんすう》すると、瀬名さんはニヤリと口角を上げる。

警察官僚なのに、なにか企んでいそうな悪い微笑み。奇妙な背徳感が匂い立ち、私の心臓は大きく跳ね上がった。

「手っ取り早くて、いい方法がある」

瀬名さんが、自分のシャツのボタンを、上からひとつずつ外し始める。

この状況で服を脱ぐ……彼が言う『いい方法』に、さすがに私もピンと来た。

「ちょっ、待ってください、瀬名さんっ」

突如激しくなる動悸《どうき》に慌てて、彼の腕に手をかけた。

「ただの偽装で、そこまでする必要は……！」

「話が地味に噛み合わないな。偽装を本物に近付けるための方法だと言ってるだろう」

瀬名さんは、呆れを通り越して蔑むような目で私を見下ろし、溜め息をつく。

そして。

「いいから、手を放せ」

言うが早いか、私の手を振り解き、勢いよくシャツを脱ぎ捨てた。

大人の男性の引き締まった裸の胸。

その美しさと迫力に、心臓が壊れそうなくらい強く速く拍動する。

ドキドキするのに、つい見惚れてしまったわずかな間が、確かな隙に繋がった。

「あっ……！」

瀬名さんは、魔術のように華麗に私の両手首を一纏めにして、頭の上に縫い留める。

綺麗なラインの顎を傾け、ジタバタと焦る私に見せつけるみたいに、ゆっくりゆっくり近付いてきた。薄く細められた目元の妖しさに、ゾクッとした。

「ま、待っ……」

獰猛《どうもう》な光を隠さない、黒い瞳に射貫かれ——。

唇を塞がれたと理解が追いつく前に、唇の隙間をこじ開けられ、なにかがぬるりと侵入してきた。生々しい感触に、思考回路がショートする。

「あ、ふっ……んっ」

口の中を縦横無尽に蠢《うごめ》くそれに、喉の奥まで引っ込んだ舌を搦《から》め捕られた。

くちゅくちゅといやらしい音が、体内から直接鼓膜を振動させる。

感じたことのない痺れが背筋を駆け抜け、脳天まで届いた時、私の身体がカタカタと震え出した。

「た、ただの偽装結婚、なのに……」

心の片隅に残った微かな抗いが、私にそう言わせるけど、深く熱いキスにのみ込まれる。

強引に押し入ってくる瀬名さんは、さっきまでの冷たく怜悧《れいり》な態度からは想像すらできないほどの欲情を湛えている。

それが私に向けられていると実感して、頭の中で脳神経が焼き切れた。

「ふう……ん……」

目蓋がとろんと重くて、目を開けていられない……。

ボーッとしながら目を閉じた、その時。

「……ひゃんっ‼」

胸の上をなにかが這《は》う感覚に、私はバチッと目を開けて腰を浮かせた。

「あれ、予想外。見た目よりボリュームあるな……」

瀬名さんがそう言いながら、ようやく唇を離した。

確認しようと下を向くと、彼の大きな手が、私の胸元で卑猥《ひわい》に動いていた。

「きゃ、きゃあああっ！」

服の上から胸を揉《も》み回されている衝撃の光景に、つんざくような悲鳴をあげた。

焦って彼の腕に手をかけ、押し退けようとする。

「え、エッチ！　痴漢！　お、お巡りさ……」

「警察官僚の前で、なにがお巡りさんだ。お前、処女だろ。最初だけは優しく丁寧に施してやるから、いちいち騒ぐな」

「!?」

「それとも……痛い目見たいって言うなら、俺は別に構わないが」

嗜虐《しぎゃく》的に口角を上げて言われ、私は弾かれたように首を横に振った。

「い、痛いのは嫌です」

「だったら、大人しく俺に委ねろ。従順にしていれば、この上ないほど愛でてやる」

意図的としか思えない低い声で囁かれ、怖いくらい身体がゾクゾクする。

そのせいで、手から力が抜けた。

「そう、それでいい」

瀬名さんが、蠱惑《こわく》的にほくそ笑む。

「大事に抱いてやるよ。……仮初《かりそ》めの奥さん」

「でも、あのっ、待っ……あっ」

だからって、こんなことまでする必要あるの……?

疑問は、最後まで口にすることができず……私は、怒涛《どとう》のように押し寄せる快楽に、のまれていった。

＊＊＊

じっとりと汗ばんだ互いの肌が、激しくぶつかる音。

俺の律動に合わせて、ギッギッとベッドが軋《きし》む。

「やっ、あ、瀬名、さっ……」

彼女の、喘ぎ声。

俺の、やや荒い息遣い。

寝室は、艶めかしくいやらしい音に侵されている。

俺と彼女の濃密な情事の匂いがキングサイズのベッドから立ち上り、充満している。

「あ、あんっ、ふぁ……」

呆れるほど従順に、俺の欲望を受け止めていた彼女の声が、掠れて尻すぼみになっていった。

「つく……うっ……」

腹の底からせり上がってくる快感に、ブルッと身を震わせる。

余裕を保てない。堪らない悦楽に、追い詰められる。

切羽詰まって、彼女の華奢《きゃしゃ》な腰を両手で掴み、自分のそれを一際強く打ちつけた。

「あっ！　あああっ……」

彼女が喉を仰け反らせ、声をあげた。

俺もほとんど同時に達したものの、興奮は収まらない。

俺の下でうつ伏せになっている彼女の背に圧しかかり、行為を続けようとしたが、抱きしめた身体はくたっとしていて、まったく力が感じられない。

「……おい？」

呼びかけに、返事はなかった。

彼女の顎を掴んで顔を覗き込むと、涙に濡れた睫毛《まつげ》はしっかりと閉ざされていて、ピクリとも動かなかった。

「気、失ったか」

独り言ちて、ベッドに突いた腕を支えに、身体を起こす。

ぐったりと弛緩した彼女の横に、足を伸ばして座った。サイドテーブルの時計を見ると、日付が変わっていた。

久しぶりに女を抱く愉楽に理性が吹っ飛び、何時間も腰を振り続けるとは――。

「……俺らしくもない」

微かな溜め息と共に、額に当てた手の隙間から彼女を見下ろす。

彼女の頬に張りつく髪を摘まみ上げ、徒《いたずら》に指先から零した。

――菅野歩。

二十七と言っていたか。今年三十四になる俺とは、六歳違いで正しいだろう。

ずっと地方の地元暮らしのせいか、都会の女と違い、擦れたところがない。

自らSのバイヤーに接触したのは偶然にしても、初対面の人間からホイホイ物を貰い、俺の部下に常習犯と間違われるとは、人を疑うことを知らなすぎる。

組織の構成員と思しき男に目をつけられるのも、自業自得だ。

そう、俺の事件じゃなければどうなろうと知ったことじゃないし、当然放っておいただろう。

よく言えば純粋。率直に言えば、世間知らずの大バカ。

だから、人の話を聞かずに〝偽装結婚〟などと早とちりした。

警察官僚を〝犯罪〟に加担させる罪悪感と、健気な〝妻〟の献身で、俺に大事な処女を散らされる羽目になった――。

「…………」

彼女をジッと見つめてから、形のいい頭を手の平で包み込み、ぐりぐり撫でた。

俺は、生粋《きっすい》の警察官僚だ。

警察の職に就く者なら、〝瀬名〟という名を聞くだけで竦み上がる。

ヒエラルキーの頂点、警察庁長官、警視総監を多数輩出してきた、瀬名一族本家の次男。日本警察界のサラブレッド……それが、俺だ。

とはいえ、年間数人しか採用されないキャリア組でも成績トップで入庁を果たし、警視正への昇任も警察史上最速の俺にとって、一族の名前など、むしろ目の上のたん瘤《こぶ》だ。

血筋や七光りではなく実力を知らしめるために、馴れ合いを避け、自分にも他人にも厳しく職務に邁進してきた。

当然、犯罪者には冷酷無慈悲で容赦しない。

部下に〝悪魔〟と恐れられ、〝ドS〟と陰口を叩《たた》かれることこそ、俺にとって最高の賛辞。

そんな俺の嗜虐心を、彼女は存分に刺激した――。

夫婦を装うだけで、本当に籍を入れるわけじゃないんだから、偽装結婚でもないし、むろん犯罪になるわけがない。しかし、彼女の間違いを正してやる気はさらさらない。

「女は面倒だが、お前なら暇潰し程度にはなりそうだ」

決して褒められたものではない黒い高揚感に、口元をニヤリと歪ませる。

再びベッドに寝そべり、彼女のうっすらと汗が浮かぶ額にキスをした。

「クセになるほど愛でてやる。……歩」

くっくっと含み笑いして、華奢で小柄な身体を、すっぽりと胸に抱きかかえる。

彼女の柔らかい髪に顔を埋め、目を瞑《つむ》った。

＊＊＊

——身体が、重い。

下腹部を根源にした鈍い痛みが、全身を蝕《むしば》んでいるようだ。

「ん……お腹いた……」

ぼんやりと呟いた声を、自分の耳で拾う。

それをきっかけにして、意識を覆っていた靄《もや》が晴れ始めた。

「あったか……」

痛みを紛らわせようと、布団の温かさに集中する。

「もっと、もっと……」

温もりを追って、譫言《うわごと》を繰り返していると。

「……ん？」

なにかが、胸の上を這う感触に気付いた。

捕まえようとして、無意識にそこに手を重ねると。

「ひゃっ⁉」

むにっと胸を掴まれ、私はギョッとして勢いよく目を開けた。

「起きたか」

すぐ額の先から、ちょっと掠れた低い声がして、条件反射でビクッと身を竦める。

起き抜けで、目の焦点が定まらない。

パチパチと瞬きをして、ようやくクリアになった視界に飛び込んできたのは——。

「せ、瀬名さんっ……！」

寝乱れた髪の、見慣れない瀬名さんに、ひっくり返った声をあげた。

「なっ……どっ」

「偽装とはいえ、俺と〝結婚〟したんだろ。妻が夫を名字で呼ぶか？」

彼の方も寝起きだからか、気怠げでお色気ムンムン。

なのに。

「マンションの住人と鉢合わせしてボロ出さないよう、普段から徹底しろ」

そんな雰囲気とは到底そぐわない棘塗《とげまみ》れの皮肉に、私は思わず声をのんだ。

そうだった。

私、男の人に尾け回されて、瀬名さんに助けを求めて保護されたんだった。

安全のために、しばらくここで彼の妻のフリをして生活するよう言われたものの、偽装結婚は犯罪だ。限りなく真実に近付けるために、私は昨夜、彼と夫婦の営みを——。一気に思考回路が繋がると同時に、ドキンと心臓が跳ね上がった。

恋人じゃない人に初めてを捧げてしまった複雑さもあるし、なにより恥ずかしすぎて彼の顔をまっすぐ見られない。

だけど、胸元で蠢く絶え間ない感触のせいで、悠長に思い耽《ふけ》ることも、頬を染めて恥じらうこともできない。

「じゅ、純平さんっ。朝から胸揉むの、やめてくださいっ！」

声を上擦らせて抗議すると、彼は今気付いたとでもいうような顔で、「ああ」と相槌を打つ。

「目覚めたら、触ってくれと言わんばかりに、目の前にあったんでね」

「!? そんなこと頼んでな……」

「裸の女が同じベッドにいたら、触ってやらなきゃ失礼だろ。俺には朝も昼も夜もないしな」

「なにを言って……あ、んっ！」

彼の手が意図的な動きを見せた途端、一晩かけて全身に刻まれた、背筋を抜けるような快感が走り、変な声を漏らしてしまう。

慌てて両手で口を覆ったものの、もちろんしっかりと聞かれていた。

瀬名さんが、やけに妖艶な目つきで私を見下ろし……。

「昨夜も思ったが、お前感度いいな」

気怠げなのに、好戦的にニヤリと口角を上げる表情が艶っぽくて、ゾクゾクする。

カアッと頬を茹だらせる私に、瀬名さんが意地悪に目を細めた。

「開発しがいがありそうだ。新雪を土足で踏み荒らすような、爽快感が堪らない」

「っ……」

黒さを憚らない、いたぶるような言い方に、足の爪先までビリビリ痺れる。

涙目になって恥じらう私に、彼は満足げにほくそ笑み、ふとサイドテーブルに視線を流した。

「残念。もう一戦……ってわけにはいかない時間か」

しれっと独り言ちて起き上がり、ベッドを軋ませて床に降り立った。

ようやく手を離してもらえたものの、彼の手の感触が胸から消えない……。

私はドギマギしながら、床からシャツを拾い上げる彼の背中を目で追った。

瀬名さんはシャツに腕を通すと、なにか思いついたように私を振り返り……。

「っ！」

サッと背を屈めたかと思うと、私の唇にチュッとキスをした。

「なっ、どっ……」

「新婚夫婦らしいだろ？」

真っ赤に顔を火照らせて、両手で唇を覆う私をふんと鼻で笑い、

「仕事に行ってくる」

「えっ……お、お仕事……？」

「警察に、土曜も日曜もない」

条件反射で呟いた私の思考回路を先回りして、そう返してくる。

「お前は、俺の後でシャワー浴びろ」

「っ、はいっ……」

「いいか？　絶対、ふらふら出歩くな。ここで生活する意味がなくなるからな」

「は……」

瀬名さんは大股でドアの方に歩いていき、私の反応を待たずに、寝室から出ていってしまった。

私がシャワーを浴びている間に、瀬名さん……純平さんは仕事に出かけたようだ。

私は濡れた髪をタオルで拭いながらリビングに入り、壁時計を見上げた。午前七時をちょっと過ぎたところ。随分と早い出勤だ。

官僚って、昼夜の境なしの長時間労働が、慣例化していると聞く。夜中になっても庁舎の電気は煌々《こうこう》と点っていて、官公庁街である霞《かすみ》が関《せき》は、〝不夜城〟と揶揄《やゆ》されるそうだ。

大変なお仕事だな、としみじみした後、昨夜、彼が仕事の途中で私のところに来てくれたことを思い出す。

「……純平さんが帰ってきたら、改めてお礼しないと」

最初に助けてもらったお礼と、二回分。私はまだ疼《うず》くように痛む下腹部を手で摩り、どんなお礼がいいか思考を巡らせながら、キッチンに入った。

熱いシャワーのおかげで、気分はすっきりしたけど、食欲はない。

喉の渇きだけ潤したくて、ウォーターサーバーからお水をいただいた。

自分のものとは思いたくないくらい恥ずかしい声は、鼓膜にしっかりと刻み込まれている。

昨夜、喉を嗄らすほど、声をあげてしまったせいだ。

――冷水が、喉に沁《し》みる。


『昨夜も思ったが、お前感度いいな』

さっきあんなことを言われたせいで、羞恥心しかない。

純平さんと偽装の新婚生活。

これからも、昨夜みたいなこと、何度もするんだろうか――。

昨夜のめくるめく出来事が嫌でも蘇ってきて、暑くもないのに顔が火照る。私は手をヒラヒラさせて、頬に無意味な風を送りながら、ソファに移動した。

メゾネットルームという構造上、天井が高く、広いリビングはガランとしている。

純平さんが帰ってくるまで、ここで独《ひと》りぼっち……。

急に心細くなって、ソファの端っこに腰を下ろし、お腹の底から深い息を吐いた。

上京してたった一週間で、私の身に起きたことすべてが、まるでドラマみたい。

息もつけない早い展開に、思考回路がついていかない。

だけどこれも、純平さんが私の身の安全を考えてくれてのこと。私は彼の迷惑にならないよう、精一杯〝妻〟を装わなければ！

決意を新たに、片手で握り拳を作って自分を鼓舞したものの……。

「……妻って、なにをすればいい？」

根本的な疑問が湧いてくる。

母や、お嫁にいった姉というお手本がいるから、恋人よりは妻の方がイメージしやすい。でも、私の母は専業主婦で、私は日中仕事がある。母のように、完璧に家事をこなせる自信はない。

そもそも、この綺麗な家を見渡す限り、掃除も洗濯も間に合っているような。

——それなら、手料理はどうだろう？

私が食品メーカーを志望したのも、もともと食べるのが好きだからだ。

昔から食事の支度はよく手伝っていたおかげで、人に出しても恥ずかしくない程度の料理は作れる。

純平さんは、いつも何時頃帰ってくるんだろう？

私は少しの間逡巡して、ソファに置きっ放しにしていたバッグを手元に引っ張った。

中からスマホを取り出し、発信履歴の一番上の番号をジッと見つめる。

純平さんはまだ移動中だろうから、仕事の邪魔にはならないはず。

いや、でも、こうしている間にも、昨夜の私がしたように、お仕事の電話を受けているかもしれない――。

ソワソワと目を彷徨わせながら、電話をかけていいものか迷っていると、『はい』と、くぐもった声が聞こえた。

「……え？」

ハッとして、手元のスマホに目を落とす。

『もしもし？』

訝しげな声が耳に届くと同時に、〝通話中〟という表示を目にして、ギョッとした。

無意識に、発信してしまったようだ。

繋がってしまった以上、切るわけにもいかない。慌てて、シャキッと背筋を伸ばす。

「純平さん、すみません！」

私は、声を裏返らせて謝った。

『……は？』

だけど、続いた声には不審そうな気配が漂う。

どうやら、私だとわかっていない様子……。

「えっと……歩、です……」

昨日一度電話をかけてるし、声で気付いてくれるだろうと思っていた。

地味にショックを受けて名乗ると、電話の向こうがシンとなった。

「あの……？」

『この番号は仕事用だ。二度とかけてくるな』

骨の髄まで凍えそうな冷たいひと言に怯んで、私はビクッと身を震わせた。

「ご、ごめ……あっ」

謝罪の途中で、ブツッと通話が切れた。

耳からスマホを離し、がっくりとこうべを垂れる。

「き、切られた……」

昨夜も、私の認識以上に、迷惑だったということだろう。

その上、警察官僚なのに、偽装結婚なんて犯罪に手を染めることになってしまい、申し訳なさしか湧いてこない。

「……はあ」

深い溜め息をついてうなだれていると、スマホがけたたましく鳴り出した。

「ひゃっ⁉」

ギョッとして、心臓が跳ね上がる。

スマホをお手玉しそうになって、相手が誰かもわからないまま応答した。

「は、はい。もしも……」

『この番号はプライベートのものだ。用がある時は、こっちにかけろ』

応じる途中で低く抑揚のない声を挟まれ、パチパチと瞬きをする。

「……純平さん？」

恐る恐る探りかけると、『はあっ』とやけに力強い吐息が聞こえた。

『夫の声くらい、ちゃんと覚えておけ』

ついさっき、〝妻〟の声には、気付かなかったくせに。

……という不満を言える立場にはない。

喉まで出かかった文句をのみ込み、グッと堪えた。

「はいっ。すみません！」

条件反射で姿勢を正し、スマホの画面を確認する。そこには、先ほどのとは違う番号が表示されていた。

男の人のプライベートの電話番号なんて、地方支社で働いていた頃、一緒に社内旅行の幹事をした同僚から、『一応教えておく』と言われて、交換した時以来だ。

ちょっとドキドキしながら、再びスマホを耳に当てる。

「この番号なら、迷惑にならないんですね。ちゃんと登録しておきま……」

『こっちのスマホの着信は、仕事中は無視してるから、別に構わない』

「………」

なんて反応を返せばいいのか、わからない。

昨夜は、あんなにエッチなことをいっぱいしたのに、昼間の私は無視前提……？

地味な屈辱感で、プルプルと震えていると、『で？』と短く促された。

『駅を出た。あと五分以内に、用件を終わらせろ』

素っ気ないものの、聞く耳を持ってくれるこの短い時間を、無駄にはできない。

「じゅ、純平さん。今日は何時頃帰ってこれますか？」

無意味に身を乗り出して、早口で切り出す。

『は？』

「妻を装うって、具体的になにをすればいいか考えたんですが、まず夕食の支度をしようかと。好きな食べ物を教えてもらえれば、作って待ってます」

勢い込んで畳みかけると、わずかな間の後、

『……はあ』

溜め息で返された。

「えっ。ダメですか？」

予想の遥か上を行く気のない反応に、ショックを隠せない。

『お前、冷蔵庫の中見たか？』

「え？」

『それで作れると言うなら、やってみろ』

「……？」

私はキッチンを振り返ってから、ゆっくり立ち上がった。

「ええと……中、拝見します……」

キッチンに小走りして、単身者には立派すぎる5ドアの冷蔵庫を開けてみて……。

『わかったか。余計なことはしなくていいから、今夜に備えて、大人しく身体休めてろ。じゃあな』

「こっ、こんっ……!? あ」

絶句している間に、一方的に電話を切られてしまった。ツーツーと無機質な電子音を聞きながら、冷蔵庫の前に立ち尽くす。

最後になにやら恐ろしいことをさらっと言われたけど、今はスルーしておく。

それより、この冷蔵庫。予想はできたけど、自分でまったく料理をしないんだろう。

冷蔵室には、バターや牛乳、卵といった、簡単な朝食を作るのがやっとの食材と調味料、缶ビールが数本。

冷凍室に、ラーメンやチャーハンといった冷凍食品が三つほど。

野菜庫には、比較的日持ちするじゃがいもと玉ねぎが数個、ゴロンと転がっている。

立派な冷蔵庫がもったいないくらい、中身は貧弱だった。

いや、むしろ、家で食事をとることもなさそうな男性の家に、これだけあったことが奇跡的。

開き直って戸棚を開けてみると、なにに使ったんだか、小麦粉とお米も見つけた。

缶詰やインスタント食品が幾つかあるのも、心強い。

かなり難易度高いミッションだけど、時間だけはたっぷりある。

「夕食……作ってやる！」

私は俄然意気込んで、腕捲りをした。

あるものだけでなにが作れるか真剣に考え、午後になって、夕食の支度に取り掛かった。作り終えた後、やり遂げた達成感より、ドッと肩に降ってきた疲れから、リビングのソファでうつらうつらとしていると、

「おい。起きろ」

声かけと同時に軽く揺さぶられて、ハッと目を覚ました。

とっさに、辺りをきょろきょろ見回す。リビングには、電気が点いていた。

壁一面の大きな窓の外は、陽が落ちて薄闇に覆われている。

目の前には純平さんが立っていて、頭上から彼の影が落ちてくる。

「あ、お帰りなさい」

私は、弾かれたように飛び起きた。

彼はたった今帰ってきた様子で、脱いだ上着を私の隣に放った。

ネクタイを緩めながら、

「なんだ、あれは」

『ただいま』も言わずに、ダイニングテーブルを顎先で示す。

「あ」

私は反射的に、壁時計で時間を確認した。

午後六時半。彼の帰宅は、思いのほか早かった。

この時間からなら、ふたりでゆっくり食事できる。

「夕食作って、待ってました」

乱れた髪をササッと手櫛《てぐし》で直してから、彼の横を摺り抜けてキッチンに向かった。

「ああ。コンシェルジュに、買い物代行させたか？」

「え？」

足を止めて振り返ると、純平さんはネクタイの結び目に指を引っ掛け、

「お前の用を聞くように、電話入れておいた。来なかったか？」

こちらにチラリと目線を向けてきた。

「あ。はい。えっと……『奥様』って呼ばれたから、『はい』って返事しちゃいましたけど……」

彼が言う通り、なにを作ろうか考えていた時に、マンションのコンシェルジュが来てくれた。『なんでもお申し付けください』と言われて、ありがたかったけど……。

「買い物代行分の追加料金を支払えばいいことだ。遠慮するな」

純平さんは当然といった顔をして、解いたネクタイを首からシュッと引っこ抜いた。

「いえ、買い物代行は遠慮しました。お手間かけるのも、申し訳なかったので」

「……え？」

私の返事に虚を衝かれたように、ほんのちょっと目を丸くする。

「冷蔵庫と戸棚にあったものしか使ってません」

「冗談だろ。使えるものなんて、ほとんどなかったのは保証する」

胸を張って変な保証をする彼の腕を取って、テーブルまで引っ張る。

「コロッケです」

「……は？」

「パン粉がなかったので、中身を焼いたみたいな感じで。見た目お焼きなんですけど」

純平さんは、テーブルの上の大皿を、まじまじと覗き込んだ。

そこには、見た目お焼きのコロッケが五つ並んでいる。

「じゃがいもと玉ねぎ、小麦粉。挽肉《ひきにく》がなかったので、ツナ缶で代用しました。ご飯は炊いてあるし、かきたま汁も作ってありますから」

私は早口で言い切ってから、いそいそとキッチンに回った。

「純平さん、よかったら着替えてきてください。あ、先にお風呂入りますか？」

ご飯をよそおうとしたところで、ポンと手を打って付け加える。

「いや……」

純平さんは軽く顎を撫でてから、くるりと向きを変えて、リビングの奥の階段に歩き出した。

「着替えてくる」

「はい！」

階段を上る、トントンとリズミカルな足音を聞きながら、私はかきたま汁を温めようと、ＩＨコンロのスイッチを押した。ほかほか湯気の立つご飯とかきたま汁をふたり分、テーブルに配膳し終えると同時に、二階から純平さんが降りてきた。

私は、ウォーターサーバーからグラスに水を注ぎ、椅子に腰かける彼の前に、ひとつ差し出した。

彼の反応を上目遣いに観察しながら、向かい側の椅子に腰を下ろす。

純平さんは、一気に半分ほど水を呷《あお》ってから、「ふう」と息をついて口元を手の甲で拭った。そして。

「あれだけで、よくこれだけ作れたな」

しげしげとコロッケを見下ろし、どこか感心したような口ぶりで呟く。

多分というか絶対、簡単に人を褒めたりしそうにない人からの賛辞に、ちょっと自分が誇らしい。

「私、食べ歩きが趣味で。好きが転じて、食品メーカーで働いてます。昔から母の手伝いをしてたので、料理は結構得意なんです」

声を弾ませ、二の腕に力瘤を作って見せると、彼がこちらを向いた。

「そういえば、お前の勤務先、聞いてなかった」

「あ、そうですね！」

会社名を告げた私に、「ああ」と相槌を打つ。

「知ってる。わりと大手だな」

「日本橋にある東京本社で、この四月から商品企画部の所属です。あ。後で名刺を……」

「いらん。それより、いただいていいか」

涼しい声で私を遮り、早速箸を手に取る。

「は、はいっ。どうぞ、召し上がってください」

私の個人情報には関心なさそうだけど、私が作った夕食には興味津々の様子。

「野菜がなくて、付け合わせが作れなくてすみません。今度はもっとちゃんと……」

「いただきます」

「……どうぞ」

身を乗り出した途端、両手を合わせた礼儀正しい挨拶で阻まれ、すごすごと座り直した。

純平さんは、特段表情を変えずに、コロッケに箸を入れる。

口に運ぶまで見守り、私は無意識に唾を飲んだ。

「あの……お口に合いますか。コロッケもどきですけど、味は悪くないんじゃないかと……」

大学受験で、第一志望の合格発表を待っていた時のような緊張感の中、審判を待つ。

「…………」

純平さんは、眉ひとつ動かさない。

男らしい喉仏がごくんと上下するのを、食い入るように見つめていた私に、

「……美味《うま》い」

そう言って、左手に茶碗《ちゃわん》を持つ。

「よ、よかった」

心の底から安堵して、私はホッと胸を撫で下ろした。それでやっと、自分でも箸を取った。

「いただきます」

純平さんと同じように両手を合わせ、食事の前の挨拶をしてから、かきたま汁に口をつける。そして、本日一番の力作、コロッケに箸を入れた。

ほくほくに茹でたじゃがいもを丁寧に潰し、時間をかけて飴色《あめいろ》に炒めた玉ねぎのみ

じん切りとツナを加え、塩胡椒《こしょう》で味付け。

シンプルだけど、わりと手のかかる母直伝のコロッケは、昔から私のお気に入りだった。挽肉の代わりにツナを使ったからアレンジだけど、これがマズいわけがない。

「ん。我ながら上出来」

出来栄えを自画自賛して、ご飯を頬張る。

純平さんは一度箸を止めて、食欲全開の私を見遣り――。

「使えるものは、使えばいいものを……」

「は?」

呆れたような声を聞き拾って、私は顔を上げた。

純平さんは、「いや」とかぶりを振って、

「今度、挽肉とパン粉買ってきておく」

ボソッと独り言ちた。

「え?」

聞き返した私には答えず、黙々と食べ進める。綺麗で品がある食べ方をする彼に、私は目を瞬かせた。

私は純平さんのことを、まだほとんど知らない。

でも、多分今のは、私の解釈で間違ってない……はず。

「また作りますね。今度はちゃんと、こんがりきつね色に揚げます」

はにかむ私を、彼はチラリと一瞥した。

「ふん」

短く、鼻で笑っただけの反応が、驚くほど温かい。

「……夕食、用意して正解だった」

私は彼に聞こえないように、小さく小さく呟いて、

「ふふっ」

思わず、顔を綻ばせた。

翻弄される

昨夜、着の身着のままでここに来た私には、着替えがない。

その夜、午後十時過ぎ。

お風呂に入った後、純平さんのスウェットTシャツを借りることになった。袖も丈も長く、肩が落ちる。太腿《ふともも》半分まで隠れて、まるでワンピースのよう。

いわゆる〝彼シャツ〟、とんでもなく、恥ずかしい……！

純平さんは、気のない様子で私を一瞥して、次の瞬間ブッと吹き出した。

「ズボンも貸してほしいです……」

「俺のじゃ大きすぎて、穿《は》くだけ無意味だ。女の服で、そういうのあるだろ。構わないじゃないか」

口に手を遣り、くっくっと笑いながら一蹴してくれる。

「でも、これじゃ心許なくて……」

純平さんが遠慮なくジーッと見ているから、頭のてっぺんから蒸気が噴きそうなほど顔が熱い。

モジモジと膝を擦り合わせ、ずり落ちる肩を押さえながら、もう片方の手でスウェットの裾をグイグイ引っ張り下げた。

すると。

「……ふむ」

どんな思考を働かせたのか、彼が私の手をいきなりグッと掴んだ。

「え？」

行動の意図を探って戸惑う私に、なにかとてつもなく悪い笑みを浮かべる。

私は、怯む間もなく。

「きゃあっ!?」

勢いよく引っ張られて呆気《あっけ》なくバランスを失い、彼の上に崩れ込んだ。

「な、なにするんですか」

慌てて手を突き、起き上がろうとする。

でもそれより早く、両膝を抱えて身体ごとくるりと回転させられ、

「ひゃっ……え？」

一瞬にして、彼の膝に乗っかっていた。

至近距離から同じ高さで目が合い、心臓がドクッと大きな音を立てて跳ね上がる。

「じゅ……純平、さ？」

「夕食のご褒美だ。労ってやる」

肩に彼の腕が回り、抱き寄せられた。

「っ、え？」

指でクイと顎を持ち上げ、やや顔を斜めに傾けて、接近してくる彼を見て……。

「あ、あああああっ……！」

慌てて、彼の胸を両手で押し返した。

自分でも信じられないほど、急激に加速する鼓動に動揺する。

「労ってもらわなくて大丈夫ですっ。私、妻ですし！　あれくらい全然……」

「うるさい」

ひっくり返った声で叫ぶと、すぐ額の先で、咎《とが》めるように遮られる。

「人の厚意を無にするな。昨夜、キスしながら身体なぞってやったら、初めてのわりに、ちゃんと悦《よろこ》んでたじゃないか」

意地悪に微笑んで言われ、条件反射で頬がカッと火照った。意図せず、記憶を導かれてしまい、お腹の奥の方がきゅんと疼く。狼狽えて目が泳いだせいで見透かされたのか、純平さんが「ふっ」と吐息混じりにほくそ笑んだ。

「ほら見ろ、期待してる。さっさと手退け……」

「ご褒美なら、服を……家に取りに行かせてほしいです！」

私は、無我夢中で声を放った。

「……は？」

たっぷり一拍分の間の後、惚けたような口調で聞き返された。意表をつけたのか、肩に回された腕の力が緩む。

「『は？』じゃないです。月曜日、出勤する時の服も、し……下着も。替えがなくて困るんですっ」

純平さんは、勢いよく捲《まく》し立てる私を、きょとんとした目で見つめていたけれど。

「……くっ」

短い笑い声を漏らした。

「ごもっともだな」

なんとも愉快そうに、肩を揺すりながら……。

「参考までに。お前、今、パンツ穿いてるのか？」

あろうことか、私のスウェットの裾をちょいと捲ろうとする。

「わあぁっ！」

私は焦って、彼の手を押さえて阻止した。

東京本社勤務、初めての月曜日。私は、午前八時に出勤した。

「お……おはようございまーす……」

うちの会社の始業時間は九時なので、一時間も早い。

残業削減の人事対策で、〝始業前残業〟も禁止されているから、この時間、オフィスには次課長クラスの役職者と、事前申請して許可を得ている男性主任の姿しかない。

「あれ。随分早いね、菅野さん」

同じ島の向かい側のデスクで仕事をしていた主任が、驚いたように目を丸くした。

「〝新人〟だからって、早く来る必要ないよ」

先週着任したばかりの新米だから、気合を入れて早く出社したと思われたようだ。

「あーええと……」

私はぎこちなく笑って、返事を濁した。

自分でも予想外に、早く着いてしまった理由――。今日から早速、純平さんがご実家の運転手を手配してくれたせいだ。

『何時にここを出れば間に合う？』と問われて、東京の平日朝の道路事情がわからず、余裕を持って時間を伝えた結果、早すぎてしまったという裏事情。

「パソコン、ログインしないでね。始業時間との乖離《かいり》で、人事部チェック入るから」

主任が、私にそう注意をする。

「はい。すみません。カフェテリアに行ってます」

トレンチコートと荷物をデスクに置いて、財布とスマホだけを手にする。

デスクから離れようとして、主任が私をジーッと見ているのに気付いた。

「？　なにか？」

不躾と言っていいくらいの見られっぷりだったから、ややたじろいで問いかける。

主任は、「いや」と顎を撫でながら答えた。

「先週と、なにか印象が違うな。服装のせいかな」

「え？　あ」

指摘されて、私は自分の服を見下ろした。

アプリコット色の七分袖ニットに、アイボリー色の膝丈シフォンスカートという、フェミニンなスタイル。春らしいパステルカラーの服は、普段の私ならセレクトに怯むほど軽やかで、自分でもちょっと落ち着かない。

「先週はずっとスーツだったので……」

目尻を下げて、そう誤魔化す。

「なるほど。普段はそういう感じなのか」

主任は納得したのか、それ以上追及してこなかったけど、私は肩を縮めてそそくさとオフィスから出た。

カフェテリアは社員食堂と同じ最上階にあるため、高層階用エレベーターに乗り込む。

「……はあっ」

他に誰もいないのをいいことに、前屈みになって深い息を吐いた。

一昨日の夜——。

『明日は俺も休めるから、車出してやる』

純平さんはそう言って、日曜日の昨日、私が希望した〝ご褒美〟を叶えてくれた。

衣類を取りに、自分のマンションに帰るつもりだったのに、彼がハンドルを握った黒いベンツが向かったのは、何故か銀座《ぎんざ》の高級デパート。

『買ってやるから、その貧相で地味なスーツをどうにかしろ』

心底呆れ果てた顔で、私が普段買う洋服の値段より一桁、下手したら二桁多いショップを、何軒も回った。

まず値札を見て怯んでしまい、自分で選べずにいると、彼は自ら服を手に取り、私の頭のてっぺんから爪先まで視線を走らせ、店員さんにサイズを告げた。試着室に押し込められ着替えている間にも、次々と服が追加される。

気分はほとんど着せ替え人形……。

純平さんは、その中で自分が厳選したものを、店員さんに包ませた。値段を確認せず、クレジットカード一括払いで豪快に支払う彼に戦々恐々として、最初の一店で、『もう十分です』と断ろうとしたのに。

『仮初めでも俺の妻を名乗らせる女が、そのなりでは困る。妻ってなにをすればいい、と言ったな。コンシェルジュにも顔を覚えられたことだし、俺に恥を掻かせるな。お前がすべきは、まずそこだ』

身も蓋もなく一蹴されてしまい、ぐうの音も出なかった。

純平さんは、出勤着だけじゃなく、リラックスタイムに着る服、パジャマに下着、靴……と、両手で持ち切れないくらいの衣類を買い揃《そろ》えてくれた。あのマンションといい、超エリート警察官僚でも、金銭感覚が違いすぎる。

今朝、迎えに来てくれた初老の運転手、袴田《はかまだ》さんは、彼から『訳あって預かっている女性の送迎を頼む』と依頼されたそうだ。

さすがに、ご実家で雇っている運転手に、〝偽装妻〟とは言えないだろう。

だから、私が彼のことを知らなくても、不審に思われないと判断して、こっそり探りを入れてみた。

純平さんは現在三十三歳で、日本の警察のトップを歴任している、名門一族の次男なのだそうだ。

ご実家は高級住宅街の高輪《たかなわ》にあり、その中でも、抜きん出るほどの豪邸だとか。

つまり、エリートというだけでなく、由緒正しい血筋のお坊っちゃまということ。

私のスーツを貧相で地味と、遠慮なくこき下ろしたのも、納得するしかなかった。

……と、そういう経緯で、今日の私は純平さんによるトータルコーディネートだ。

『印象が違う』と言われて、改めて自分を見てみる。

高価な上に、私のワードローブにはない女の子らしい可愛い服で、気恥ずかしい。

――純平さんって、こういう服が好みなのかな。

純平さん本人は、大人っぽくてセクシーな女性を連れ歩くイメージだし、絶対絵になる。見ている方まで、匂い立つ色気に当てられてしまいそうな――。

「っ！」

自分の思考に導かれて、私はカッと頬を赤らめてしまった。

そう……多分純平さんが本当に好むのは、セクシーで色っぽい方だろう。

だって、下着を買うために、彼が堂々と入っていったのは、海外セレブ御用達の、際どいデザインで有名なランジェリーブランドの日本一号店だった。

『俺の妻なら、下着にも常に気を配っておけ。お前でも自然と艶が出て、抱いてやろうって気になる』

男性と一緒に下着を選ぶという、衝撃の初体験に目を白黒させる私に、彼が真顔で勧めるもの全部にギョッとした。総レースとか、紐《ひも》みたいなのとか……どれも布の面積が狭く下着の意味を成さない、普段使い不可能なものばかり。

私は頭から湯気を上らせながら、彼を引き摺ってショップから出た。

ごく普通の国産メーカーの、機能的でシンプルな下着を選ぶ私に、純平さんはかなり不服そうだったけれど。

――『抱いてやろうって気になる』って。

あんなクールな顔して、休日の彼は煩悩一色……。

「～～っ！」

のぼせそうになった時、エレベーターが停まった。

両側にドアが開き、そそくさとフロアに降り立つ。

営業開始したばかりの社内カフェテリアで、ホットコーヒーを購入して、窓際の丸テーブルに着く。昨日のことを思い出しただけで、変な汗を掻いてしまい、手をヒラヒラさせて風を送った。

コーヒーを飲んでも、まだソワソワと落ち着かず、両手で頬杖をつく。

純平さんと偽装結婚生活を始めて、四日目。

今、私が彼について知っているのは、最初に貰った名刺と袴田さんからの情報のみ。

未だに彼に詳しくはないけど、自分の身をもってはっきりと判断できたこと。

純平さんは、家と外……いや、昼と夜の高低差が激しすぎる！

普段は、自分が無駄と判断すれば、必要な説明すらしない無口でクールな鬼なのに、夜はむしろ饒舌《じょうぜつ》で、理詰めで攻め込んでくる。

昨日も一昨日の夜も、私は彼にキスされそうになったり、身体に触れられたり。獣のスイッチが入るとかなり距離近めで……はっきり言って、オープンにエッチな人だと思う。

ただの偽装結婚なのに、彼曰《いわ》く『愛でてやってる』そうだから、保護されて妻を装っている立場上、強く拒むこともできない。

純平さんは、普通の恋愛もイケナイ遊びも慣れてるだろうけど、私は恋愛超初心者。

触れられれば恥ずかしいし、キスされたら死ぬほどドキドキしてしまう……。

「ううう……」

彼のことを考えるだけで、私の心臓は呆気なく拍動を強める。胸が苦しくなって、テーブルに突っ伏した。

冷たいテーブルに片方の頬をくっつけて、声に出して溜め息をつく。

——忘れたわけじゃない。

私は仮初めの偽装妻で、愛されてるわけじゃない。

純平さんは、自分の周りの人とは天地ほども毛色が違う私を、意地悪にからかって面白がっているだけ。

でも、そういう時の彼は、とても楽しそうだから。それで眉間の皺《しわ》を解き、笑ってくれるなら、私も嬉しい。

そう思ってしまう私って……。

「相当チョロいんだろうな……」

思わず、ポツリと独り言ちた時。

「あれ、おはよう。早いね」

「え?」

頭上から声が降ってきて、慌てて背を起こした。

私の横に、綺麗にセットしたショートボブが似合う、背の高い女性が立っている。

「あ……」

顔は見たことがある。同じ商品企画部で、別グループの人だ。

「おはようございます！」

弾かれたように立ち上がって、腰を直角に折って挨拶をした。

すると、彼女はクスクス笑う。

「そんな、丁寧に挨拶しないで。私、菅野さんと同期だから」

「えっ、同期？」

ということは、同い年……。そうは思えないくらい大人っぽくて綺麗で、先輩だと信じて疑わなかった。彼女は、私の反応に苦笑しながら、「そう」と頷く。

「渡瀬桃子《わたせももこ》。うちの部署、私たちが一番下っ端で、他に同期もいないから、菅野さんが来るの楽しみにしてたんだ」

そう言って私の対面に回り、「前、いい？」と許可を求めてくる。

「もちろん。どうぞ」

私は、彼女と同時に椅子に腰を戻した。

向かい合っても、まだまじまじと目を向けてしまう私に、彼女は目尻を下げる。

「ね、私のことは桃子って呼んで。私も、あなたのこと、歩って呼んでいい？」

「！　う、うんっ……！」

東京に来て、初めて出会った同期。

見た目、私と違ってハイセンスでキラキラだけど、気さくな彼女に、すぐに好感を抱いた。嬉しい。胸が弾む。

「え、っと……桃子。これから、よろしく」

はにかんで挨拶をすると、彼女は「うん」と力強く答えてくれた。


東京生活二週目。

仕事で覚えることは山ほどあって、オフィスではてんてこまいだけど、休憩中に桃子と話せるのが、いい気分転換になっていた。

職場の環境には、だいぶ慣れてきたと思うし、今は焦らず、着実に。仕事を覚えるペースとして悪くない……というのが、私なりの自己評価だった。

その週の金曜日、私は仕事を終えて、オフィスビルから迎えの車に乗った。

毎日送迎してもらううちに、運転手の袴田さんとは、砕けた会話をするようになっていた。

「菅野さんって、本当のところ、純平坊っちゃんのコレじゃないですか？」

左手の小指を立て、バックミラー越しにニヤニヤと探ってくる。

いつも黒いスーツに白手袋。とても品がいいのに、こういうところは、ちょっといやらしいお祖父ちゃんみたいだ。

純平さんが、ご家族に偽装結婚のことを話していないから、私は苦笑いで流す。

「長兄の梗平《きょうへい》坊ちゃんが、『家族に報告もせずに、嫁さんもらったのか』って勘繰ってらっしゃって。菅野さん、近々、純平坊っちゃんとふたりで、瀬名本家に召喚されるかもしれませんねえ」

なんと、お兄さんは私を、本物の〝嫁〟と思っていらっしゃる！

──本当に、純平さんと、お呼ばれしたらどうしよう。

ついつい好奇心から、「ご家族って、どんな感じですか？」と聞いてしまったが最後、袴田さんは延々と、『瀬名本家の敷居を跨ぐ際の心得』を語り出した。

さすが、警察界の名門一族……というか、純平さんのご家族。一筋縄ではいかなそう……。戦々恐々としているうちに、車は純平さんのタワーマンションの近くまで来てしまった。

「あ。すみません！　袴田さん、スーパー、スーパーに寄ってください！」

夕食の買い出しに行きたかったことを思い出し、私は慌てて言葉を挟んだ。

なんとか無事、食材を購入して、マンションに帰ってきた。広いキッチン台に、大きく膨らんだエコバッグを乗せ、ふう、と息をつく。

コートのポケットからスマホを取り出し、ＬＩＮＥアプリを起動させた。

今日のお昼に純平さんに送った、【今夜のお夕食は、鯖《さば》の味噌《みそ》煮《に》にします】というメッセージに返事はない。

今日の、というか……私からの吹き出しが、縦に並んでいる。

最初にこの家の冷蔵庫を開けた時の衝撃もあり、彼の食生活が心配だった。

忙しい旦那様の健康、〝妻〟の私が配慮しないと！

初日に作ったコロッケもどきを『美味い』と食べてくれたから、食事を用意するのは迷惑がられないはず。とはいえ、純平さんの帰宅は毎日遅く、朝も私よりずっと早い。家で食事をとる人じゃないから、作って置いておいても、気付いてもらえない。

だから私は、毎日献立を報告することにした。

帰ってきてメッセージを思い出したら、食べてくれるかもしれない。

いや、食べるために、早く帰ろうと思ってくれるかもしれない——。

でも、既読表示はその日のうちに付くのに、今日まで毎日、清々しいほどの既読スルーに遭っている。

「でも、先週の土曜日は早く帰ってきたし、日曜日は休みだったし」

しゅんと沈む気持ちを奮い立たせようとして、私は声に出して呟いた。

家で独りぼっちなのは、本来のひとり暮らしとほとんど変わらない。

なのに、純平さんがお休みであるよう願ってしまうのは、彼と過ごした先週末が、刺激的で楽しかったせいもあるだろう。

私に対する彼の言動は、九割が氷の鞭《むち》だけど、残りの一割はドロドロに溶けそうなほど甘い。

初めてのキス、強引な抱擁——。

あんな形で初めてを奪われ、憤ってもいいはずなのに、身体を貫いた言いようのない痛みまでも、思い出すときゅんと胸が疼く。これをときめきと言っていいのかどうか、判断できない。でも、どうしようもなくドキドキする。

力任せに植えつけられて知った蜜の甘さは、半端じゃない。抜けられない中毒性に、私はズブズブ嵌まって、もっともっとと欲張りになる——。

「っ……」

純平さんの大きな筋張った手を脳裏に描いただけで、鼓動が沸き立つ自分に戸惑い、私は急いでスマホをコートのポケットに突っ込んだ。あたふたとバッグを持って、二階への階段を駆け上る。自室として使わせてもらっている客間に戻り、ルームウェアに着替え……。

「明日の夕食は、なに作ろうかな」

きっと、今夜も食べてもらえないであろう夕食はそっちのけで、純平さんと一緒に食べられるかもわからない、明日の夕食の献立ばかり考えた。

明日は休みだから、純平さんが帰ってくるのを待っていようと思い、私はリビングのソファに座ってテレビを観ていた。でも、一週間の疲れもあり、日付が変わる頃には強い眠気に襲われ、クッションを抱えて船を漕《こ》ぎ始めた。

それから、どのくらい経ったか――。

玄関の方から、ドサッと鈍い音が聞こえて、バチッと目を開けた。

「……え？」

弾かれたように跳ね起き、辺りに視線を走らせる。

何度か瞬きをした後、ハッと我に返り、

「純平さん？」

ソファから立ち上がって、リビングを出た。

無意識にパジャマの胸元をギュッと握り、玄関先まで出ていくと、純平さんが廊下にうずくまっていた。

「え……純平さんっ」

彼の職業上、怪我したんじゃないかと思った。

背筋にゾワッと寒気が走り、慌てて駆け寄る。

だけど。

「うっ……臭っ」

まだ彼の傍らに辿《たど》り着かないうちから、むせ返るほどのお酒の匂いがして、思わず足を止めた。怯みながら鼻に手を遣り、怖々と忍び足で近寄ってみる。

「じゅ、純平さん？」

無意識に息を止めてしゃがみ込み、彼の顔を覗き込んだ。

純平さんは、男の人にしては長い睫毛を伏せ、スースーと寝息を立てている。

どう見ても、泥酔した酔っ払いだ。なんとかマンションに帰り着いたものの、玄関先で限界を迎えて力尽きた……そんな様子。

いつもの絶対的なスマートさの欠片《かけら》もない姿に、私はあ然としてしまった。

それでも、呆けてはいられない。

「純平さん、大丈夫ですか？」

気を取り直し、軽く肩を揺すって呼びかける。すぐに、「ん」と微かな応答があった。意識があることにホッとして……。

「飲みすぎたんですか？　気分悪くない？　大丈夫？」

私の問いには、機械のように首を縦に振ってくれる。

「立てますか？　肩貸します」

私は彼の腋に肩を入れ、腕を取って立ち上がった。

頽《くずお》れていたわりに足に力が入っているけど、大人の男性の体重を支える私は、よろけそうになる。

「お酒、弱いんですか？　なんでこんなになるまで」

必死に廊下を歩き、ソファに辿り着いて力が抜けた。純平さんは私の肩から滑り落ち、ソファに仰向けに倒れ込んだ。

「う……」

天井の明かりに眉根を寄せ、顔をしかめて短く呻く。

目元に腕を翳して明かりを遮るのを見て、私は肩を上下させて息を吐いた。

「純平さ……」

「苦手、なんだよ。日本酒だけは……」

「え？」

「だが、警視監に勧められたら、断れな……」

やや呂律《ろれつ》が怪しい声で、独り言みたいに呟くのを聞いて、私はきゅっと唇を結んだ。

警視監というのが、警視正である彼の上司なのは聞かなくてもわかる。

「上司の勧めだから、苦手なのに飲んだんですか？」

質問を重ねながら、床に立て膝を突く。

純平さんは無言で頷いて返してくれたけど、私は小さく溜め息をついた。

「そういうの、パワハラって言うんじゃ……」

「警察組織では、大事なんだよ。もっと、上に行くために……。パワハラじゃない。必要な服従だ」

口調はふわふわと不安定なのに、そこに込められた確固たる意思を感じて、口を噤んだ。私が黙ったからか、純平さんは皮肉げな笑みで口元を歪める。

「憐《あわ》れんでるか。それとも、バカにしてるか？」

目元が見えないから、彼が今どんな表情を浮かべているかわからない。

「い、いえ」

私は無意識に背筋を伸ばし、否定した。

警察組織は、昔気質な上下社会だと知っている。警察官僚一族に生まれた純平さんにしたら、なにも不思議なことじゃないんだろう。

だけど彼は、「ふん」と鼻を鳴らす。

「いい。お前の理解など、求めてない」

「そんな」

突き放すような言い方に傷ついて、私はソファに手を突き、身を乗り出した。

胸をよぎった微かな疑問が、口をついて出てくる。

「……でも」

「今のままで、純平さんは十分すごい人です。なのに、なんのために、もっと上に行きたいんですか」

ためらいながら、つっかえつっかえ質問したら、彼の喉仏がゴクッと上下した。

私が黙ると、沈黙が走る。そのせいで、立ち入ったことを聞いてしまったと気付く。

「ご、ごめんなさい。そうですよね。仕事するからには、当たり前の向上心で……」

「歩」

私の言葉を、純平さんが阻んだ。

その薄い唇が私の名前を紡いだことにドキッとしている間に、ソファに突いた腕を強く引っ張られ……。

「きゃっ……」

バランスを崩し、短く声をあげる私の頭に、彼がもう片方の腕を回した。

「っ、んっ……」

下から抱き寄せる力に抗えず、ほとんどぶつかるみたいに唇が重なった。

先週、嫌ってほど刻まれた熱い温もりが、全身に蘇る。

この体温の中毒的な甘さを肌が覚えているから、私の心臓はドクッと跳ね上がった。

慌てて身体を起こそうとしても、純平さんは酔っ払っているわりに力強く、私がもがけばもがくほど、その腕に力がこもる。固く抱きしめられてしまい、逃げられない。

「ふ、うん……」

薄く開いた唇から侵入してきた彼の舌に、私のそれは搦め捕られる。

一週間ぶりのキスは、強いお酒の味。

甘く深く染み入ってきて、脳神経が焼け切れそうにビリビリした。

彼の理性を蝕む酔いに、私の意識も冒される。

頭がボーッとして、目蓋がとろんと閉じてしまう――。

すると、次の瞬間。

「え？　ふあっ……」

私は、ソファに引っ張り上げられた。

一瞬にして、横たわっていた純平さんと入れ替わり、天井を仰ぐ体勢になっている。

「あ……」

天井の明かりを背に浴びた彼が、私に影を落とす。下から見上げる純平さんは、先週の比じゃない、壮絶な色気を放っている。桜色に染まった目元に情欲を滾《たぎ》らせ、酔っていてもなお獰猛な光が漲る瞳で、私をまっすぐに射貫く。

視線が交差したのは、ほんの少しの間。

純平さんが、私の首筋に顔を埋めた。

「あ、っ……」

頸動脈の付近を彼の唇が這う感触に、思わず声が漏れる。

男の人にしては細く長い指が、パジャマの襟に引っ掛けられた。関節を曲げてクイと下げられ、鎖骨が露わになる。その上の窪《くぼ》みを、尖らせた舌先でほじられ、腰が浮き上がった。純平さんの唇は、ゆっくりと下に移動していく。

「や、あっ……純平さ……」

胸元に顔を埋める彼の肩に両手を置き、私は喉を仰け反らせた。

純平さんは、私の胸にぐりぐりと顔を擦りつけてきて——。

「ひゃんっ……！」

胸の先がジンジンする感覚が堪らず、私は甲高い声で喘いでしまった。

自分の耳で拾った甘ったるい声が恥ずかしくて、とっさに両手で口を押さえる。

遠慮なく私の胸を弄ぶ彼を涙目で見下ろし、プルプル震えながら耐えていると。

「……なんだこれ。気持ちいい」

純平さんが、私の胸元で呟いた。

「っ、え？」

「ああ……これ、お前の胸か。ほんとお前、顔に似合わず、けしからん乳してやがる。

おかげで、四六時中埋まっていたくなる。……癒される」

散々いたぶられた胸の頂が、ナイトブラの中でツンと尖っているのがわかる。

見えないはずなのに、パジャマの上から、狙い澄ましたように唇で咥《くわ》えられ……。

「やんっ！」

私は、彼の肩に置いた手に力を込め、引き剥がそうとした。

なのに。

「逃げるな。歩……」

猛烈にセクシーな掠れた声で名を呼ばれ、意志とは関係なく身体が火照る。

早鐘のような鼓動。

お腹の奥底がきゅっと締まる感覚。

身体の中心が、潤う――。

私、純平さんにこうされることを、期待していたんだろうか。

私の肌を意地悪になぞる彼の手と指と、ゾクゾクするほど嗜虐的に攻め立てる唇と舌を、欲しがっていたのかもしれない――。

「っ……」

恥ずかしい。

今まで知らなかった淫らな欲求に戸惑うのに、中毒性を知った身体が悦びに震える。

すると、胸の上で遠慮なく蠢いていた手が、ピタリと止まった。

擦りつけられていた顔も、動かない。

「……？　純平さん？」

どんなに引き剥がそうとしても離れなかった重みが、ちょっと押しただけで私の上からずり落ちる。

肘を突いて上体を起こし、恐る恐る彼を見下ろすと……。

「え。ええっ……」

純平さんは、固く目を閉じていた。

スースーと、気持ちよさそうな寝息が聞こえてくる。

——こんなにドキドキさせておいて、自分は寝落ち⁉

私は、がっくりと脱力した。先週のようなことを期待してしまった自覚があるからこそ、なんとも言えない悔しさが込み上げてくる。

彼の下から摺り抜けて床に尻餅を突き、

「……はあ」

声に出して、溜め息をついた。

＊＊＊

捜査本部が置かれた事件の捜査会議は、一日の活動報告のため、毎日午後十時頃から行われる。

メインは現場で活動する刑事たちで、指揮官の俺は、意見を求められた時に発言する程度だ。今日の会議では、麻薬売買組織のバイヤー、大島照子の聴取状況が報告された。

三月下旬、東京駅で、歩を嵌めようとした中年女だ。

大島は客を待っていて、刑事が張っていることに気付いた。なんとか逃げおおせる方法を考えていた時、偶然歩に声をかけられ、動かぬ証拠となるSを押しつけた。

しかし、新海とは別の俺の部下が取り押さえていた。

自身の罪状については概ね自供したものの、ミッドナイト本体、日本における売買組織や他の構成員については完全黙秘しているため、勾留期間を延長して取調べを続けている。構成員同士の絆《きずな》がよほど強いのか、もしくは組織による制裁を恐れているのか――。大島の最大勾留期限が迫っているが、聴取状況は芳しくない。捜査方針の見直しが必要だ。

司会進行を務める警視庁捜査一課長の「解散」の号令で、五十人ほどの刑事が席を立ち、我先にと広い会議室から出ていく。

すでに午後十一時近いが、刑事たちの夜はまだまだ終わらない。

俺も最前列の席から立ち上がり、並びの警視監に目礼して、出口に向かった。

「瀬名さん」

廊下に出たところで声をかけられ、足を止めて振り返った。

警視庁捜査一課の警視、朝峰拓哉《あさみねたくや》が、弾むような足取りで追ってくる。

俺の従弟で、ふたつ年下の三十一歳。準キャリアだが、凶悪犯罪を扱う捜査一課という特性上、他の課と違い、現場に出て捜査活動にも当たっている。

一族の集まりの際、瀬名本家で会うこともあり、子供の頃は互いに名前で呼び合っていた。それぞれ警察という階級社会に身を置き、名字で呼ぶようになったが、身内というのもあり、捜査一課の中で唯一、〝悪魔〟と恐れられている俺に物怖じしない。

「なんだ」

俺は、スラックスのポケットに片手を突っ込んで応じた。

朝峰は、無造作に散らした、焦げ茶色の、やや癖のある短髪をザッと掻き上げながら、俺の前で立ち止まった。端整な顔立ちで、下がり気味の目尻をしている。普段は人当たりがいい男だが、刑事らしく凄むとなかなかの迫力がある。

「先々週、瀬名さんが送ってくれた動画の男ですが……」

「突き止めたか」

「残念ながら」

報告の途中で言葉を挟んだものの、即答されて、短く浅い息を吐く。

「そうか。……進捗があったら、すぐに報告を」

それだけ言って、踵を返す。朝峰は、そこに立ち尽くしていたけれど、

「瀬名さん」

再び呼びかけてきた。

俺が歩調を緩めなくても追いついて隣に並ぶ彼を、チラリと一瞥する。

「あの男、どの筋からの情報ですか」

力のこもった強い目で被せられ、ピクッと眉尻を上げた。

「人物の特定に時間がかかっているのは、警察のデータベースに記録が残っていないためです。瀬名さんの予想通り、マエはない」

そう――。

売買組織に関係しているとしたら、まだ警察が尻尾を掴んでいない、自由度の高い構成員。俺はそう判断して、朝峰に、過去の取引現場を収めた画像データによる人物照合を命じた。その結果、鮮明とはとても言えない、何百という画像のほんの数点から、男とよく似た背格好の人物がマッチした。せいぜい、見張り役かなにかだろう。

しかし、クロに近いグレーに染まりつつある以上、男の身柄を確保するまでは、歩の保護を解くわけにいかない。

それに、クロと決まれば、たとえ末端構成員でも、ミッドナイトの完全壊滅に繋がる情報を引き出せるかもしれない。大島の聴取が思うように進まない現状、どんな些《さ》細《さい》な情報でも喉から手が出るほど欲しい――。

「東京駅で、大島に接触した女。……菅野、歩」

俺は最小限の返答をして、口を噤んだ。

朝峰が思考を巡らせるように眉根を寄せ、「ああ」と言ってポンと手を打つ。

「新海さんが、マトリの田込さんとしょっ引いたとか。……その彼女が、瀬名さんにどんな情報を？」

横から、探るような視線を向けてくる。

「と言うか、瀬名さんの命令で、簡易鑑定で陰性だけ確認して釈放して、調書取ってなかったですよね。なのにどうして、瀬名さんに直接？」

興味津々といった顔つきで畳みかけられ、俺は無言で顎を撫でた。

朝峰は犯罪者プロファイリングに精通していて、俺自身、その観察眼を認めている。

ここで下手に誤魔化しても、そのうち見破られる。

「あの男からストーカー被害に遭って、今俺が保護している」

溜め息混じりに答えると、朝峰はポカンとした顔で、「は？」と聞き返してきた。

「瀬名さんが？　直々に？」

「最凶に運の悪い、一般人だ。だが、これ以上巻き込まれるようでは、俺の始末書どころの騒ぎじゃない」

素っ気なく言い捨て、ふいと顔を背ける俺の隣で、

「……は～ん」

ニヤリと気味の悪い笑みを浮かべる。

「先日裁判所に行った時、梗平さんからチラッと伺ったんですが……瀬名さん、毎日袴田さんに誰かの送迎をさせている、とか。そういうことでしたか」

梗平というのは、俺の兄だ。長兄のくせに、警察ではなく司法の道に進んだ瀬名一族の異端児で、現在裁判官の職に就いている。

あの兄貴が、朝峰にどんな余計なことを言ったのか……。

「その分の報酬は、俺が別途支払っている。文句を言われる筋合いもないが」

ムッとして眉をひそめる俺に、彼は「いえいえ」と手をヒラヒラさせて否定した。

「文句など、ありませんよ。ただ……瀬名さん、最近なにかいいことでもあったのか

と、捜査一課一同、噂していて」

「え？」

「ここ数日、瀬名さんの口角が、通常比最大一度上がってるので」

俺は、とっさに口元に手を遣った。

それを、彼は〝図星〟とでも捉えたようだ。探る視線が鬱陶しい。俺は、唇を結んで黙り込んだ。

なにかいいこと……。

なんら変わり映えしない俺の日常で変化といったら、間違いなく歩の存在だろうが、通常比一度口角が上がっていようとも、彼女の保護はいいことどころか厄介事だ。

「お前のプロファイリングも大したことないな。なにもいいことなどない。疫病神を飼っているようなものだ」

ふん、と鼻を鳴らして、呆れた口調で言い捨てる。

「飼ってるって。ペットみたいな言い方ですね」

朝峰が「はは」と苦笑するのを聞いて、無言で顎を摩った。

ペット……確かに。言い得て妙だ。その感覚は間違っていない。

「そうだな。大目に見て、料理ができる分ちょっと利口なペット……」

俺の言動ですぐに赤くなる顔。

クルクル変化する豊かな表情。

人を疑うことを知らない、純粋な瞳。

飼い主の帰宅に尻尾を振って喜ぶ子犬のようでもあって、ベッドでは俺の嗜虐心を大いにくすぐる大人の女でもあって――。

「………」

俺は歩の顔を思い浮かべながら、自分の手に目を落とした。

すると。

「そんな貴重な証人を囲ってるなら、男をおびき出すのにぜひ協力を」

朝峰が声を潜めて言うのを聞いて、ハッと我に返る。

「え?」

一瞬、彼女に思考回路を占領されていたせいで、なにを言われたかわからない。

「え?って。だから、その彼女に協力を」

朝峰が不審そうに首を傾げるのを見て……。

「あ、ああ。……そうだな」

取ってつけたように返し、スラックスのポケットに手を突っ込んだ。

堕とされる

純平さんとの偽装結婚生活が始まって、三度目の週末を迎えようとしている金曜日。

私は桃子からランチに誘われ、一緒に社員食堂に行った。

うちの会社の食堂は、食品メーカーだけあって、かなり立派。社員の福利厚生も兼ねているから格安だ。本社はビュッフェスタイルで品数も多く、もちろんとても美味《おい》しい。

今日は、総菜部による新商品試食イベントがあって、後で社内サイトからアンケートに答えると昼食代が無料になるため、いつも以上に混雑していた。

私も桃子も、迷わず試食の列に並ぶ。ふたり揃って、三百食限定の〝シャキシャキ根菜のキーマカレー〟を無事ゲットして、窓際のテーブルで向かい合った途端。

「歩。お兄さん、紹介して！」

勢いよく身を乗り出してこられ、私の頬がひくっと痙攣した。

「あんな超美形なお兄さんがいるなら、隠さないでよ～」

やや食い気味に目をキラキラさせる彼女に、自然と笑顔が引き攣《つ》る。

残念ながら、私には超美形なお兄さんなどいない。

桃子が『紹介して』と言う〝お兄さん〟は、純平さんのことだ。

というのも、昨日の帰宅時のこと——。

夕食の献立をＬＩＮＥで報告したら、初めて返事を貰えた。

【今日は早く上がる。俺が直接迎えに行くから、午後六時に外に出てこい】

純平さんと、一緒に夕食をとれる……！

膨れ上がる期待でワクワクして、午後六時に合わせて帰り支度をしていたら、ちょうど仕事を終えた桃子が、『ちょっと飲みに行かない？』と誘ってくれた。

残念だけど、『また今度』と断るしかない。ところが、『じゃ、予定合わせて行こうよ』と続けられてしまった。

私は、毎日送り迎えしてもらっていて、自由に寄り道もできない身。

いつになったら、アフターファイブに約束できるようになるだろう？

返事に困っているうちにグランドエントランスに着き、そのまま一緒にビルを出た。

すると、ビルに面した広い道路の路肩に停まっていた、黒いベンツの窓が開いた。

『おい』

そこから純平さんが顔を出し、まっすぐ私に呼びかけてきた。

それを見て、桃子が大きく目を見開き、

『え、彼氏⁉』

ひっくり返った声をあげた。

純平さんは彼女に気付いていなかった様子で、わずかにふっと眉根を寄せた。

『あ。ええと……』

彼女になんて説明しようか言い淀む私を、視界の端で窺《うかが》っている。

ふたりから視線を受け、変な汗が背中に伝うのを感じた。

純平さんは警察だし、偽装結婚を知られるのはマズい。桃子はマンションの住人ではないから、ここで夫婦を装う必要はないと思った。この場合、一番怪しまれないのはどういう答えか——。

『お、お兄ちゃん。お兄ちゃんなの。私の』

それほど考える時間はない。追い詰められた私は、とっさにそう口走っていた。

『え。お兄さん……?』

『妹が、いつもお世話になっています』

純平さんがスマートに、言葉を挟んだ。

『すみませんが、妹と食事の約束をしているので、これで』

疑わしげな桃子に向かって、流れるように嘘をつくのを聞いて、何故だか私の胸がズキッと痛む。

なんのためらいもなく〝妹〟と口裏を合わせられ、自分で言ったのに傷ついているのを自覚して、無意識に胸元の服をギュッと握りしめた。

純平さんはそんな私を気にせず、『早く乗れ』と促してくる。

『は、はい。ごめんね、桃子。また明日……』

挨拶もそこそこに、私が急いで助手席に乗り込むと、ベンツはすぐに走り出した。

無駄に息をひそめ、バックミラー越しに彼女の姿が見えなくなってから、運転席の彼をそっと窺う。

『あの……』

『俺はいつから、お前の兄になったんだ?』

呼びかけをビシッと遮られ、思わずギクッと肩を縮める。

『それは……だって。純平さん警察なのに。あまりたくさんの人に、偽装結婚を知られるのはどうか、って』

言いながらモヤモヤして、口を噤んだ。

純平さんは、私を視界の端に映して、『ふん』と鼻を鳴らし……。

『まあ、その通りだな。そのうち解消する関係だ。職場の同僚にまで、偽装結婚を吹聴して回る必要はない。お前にしては、機転が利いた』

私の胸に、さらにチクリと傷を残し、前を向いてしまった。

その後、マンションに帰ると、ちょうどエントランスに下りてきた住人夫婦と顔を合わせた。純平さんとは顔見知りのようで、『あ、瀬名さん！』と、男性が声をかけてきた。

『なんでも、ご結婚されたとか……』

女性から品定めするような視線を受け、思わず肩を縮める私の横で、純平さんが『ええ』と返した。

『妻の歩です。以後、よろしくお願いします』

ここでは、私を〝妻〟と紹介する。男性が、『こちらこそ』と笑ってくれた。だけど、すれ違いざまで、

『年が離れてるのかしら？　奥様というより、妹さんみたいね』

女性がコソッと男性に告げるのを、私はしっかり聞き拾ってしまい――。

純平さんを私の兄だと信じ、紹介してほしいと言う桃子を前に、今また、胸がチクチクする。

「隠してたわけじゃ……。特に聞かれなかったし」

「上京祝いに、美味しいディナーご馳走してくれたとか？　それで、わざわざ迎えに来てくれるなんて優しい。中身までイケメンで、最高のお兄さんじゃない！」

普段はわりとサバサバした印象の桃子が、両手を組み合わせ、夢見る乙女のようなポーズで声を弾ませる。私が積極的に話を作らなくても、彼女の中では〝純平さん＝最高のお兄さん〟のイメージで創造されているようだ。

『優しいお兄さんなんかじゃない！』と天邪鬼な気分になり、私は無言でキーマカレーを食べ進めた。

「ねえねえ。お兄さん、幾つ？　三十過ぎくらい？」

桃子の目が、ハートマークに見える。

「ええと……。三十三歳」

「三十三っ！　すごく立派なスーツで、スリーピース似合ってたよね。しかもベンツ乗ってるって、なんのお仕事してるの？」

「警察官僚……？」

矢継ぎ早の質問に、さすがに気圧された。

本当は、いくら桃子にでも、純平さんのことをあれこれ教えたくない。だけど、自分で『お兄ちゃん』と言ってしまった手前、もったいぶるのも不自然だ。

「官僚⁉ あのルックスで、超ハイスペック。極上物件じゃない‼」

悲鳴みたいな声をあげて感激されて、私は口の端をひくっと引き攣らせた。

極上……には違いない。

その実態は、悪魔的に意地悪で、夜は信じられないくらいエッチですけどねー……。

桃子の中で形作られた〝最高のお兄さん〟の化けの皮を剥がしたい、狂暴な衝動を堪える。

「ね、名前。お兄さんの名前教えて？ それと、よかったら連絡くださいって、私の名刺渡してくれない？」

バッグからいそいそと名刺入れを取り出す彼女に、肌がチリチリした。

「あー……うん」

固辞するわけにもいかず、私は彼女の名刺を受け取った。

「あ。やだ、こんな時間。早く食べないと」

そこでやっと時間に気付いたのか、桃子が慌てた様子でやっとキーマカレーを食べ始める。

私は手を止め、名刺に目を落とした。

純平さんに渡したら、どんな反応をするだろう――。

私は、上目遣いで、桃子を探った。

彼女は私と違って、大人っぽくて美人だ。背も高いし、純平さんの隣に並んでも多分お似合い。私だけじゃなく、十人の内九人は同意するだろう。

〝偽装〟でも妻としては、面白くない――。

こういう、禍々しい嫌な気持ちを、嫉妬と呼ぶのだろうか。


その日、純平さんは日付が変わる前に帰ってきた。

シャワーを終えてすぐ書斎に入ってしまい、そのまま出てこない。

仕事をしてるなら、声をかけない方がいいかもしれない。

でも、私は、桃子から名刺を預っている。ただでさえ気が進まないのに、延ばし延ばしにしたら渡せなくなりそう。

私は、手にした名刺に目を落とした。

――邪魔だったら、純平さんははっきり『邪魔だ』と言ってくれる。

意を決して、書斎の前に立った。

「あの……純平さん」

遠慮がちに呼びかけながら、ドアをノックする。

「なんだ」

『入るな』ではなかったから、思い切ってドアを開けた。

「お仕事で疲れてるのに、すみません。少しだけ、お話があって」

ドア口で立ち尽くし、無駄に肩に力を入れて切り出す。

「話？」

聞き返してくれたことに後押しされて、彼のそばに歩いていった。

「……？」

純平さんはチェアに深く背を預け、隣で足を止めた私を、訝しげに見上げてくる。

「あの……これを」

私は、両手の指で持った名刺を、まるで賞状を授与するかのように差し出した。

純平さんはわずかに顎を引き、目線だけ名刺に落として、

「なんだ？　これは」

不審そうに問いかけてくる。

意味不明な緊張が込み上げてきて、私はゴクッと唾を飲んだ。

「昨日、私が一緒にいた同期の名刺です。純平さんに、渡してほしいと言われて」

「同期？」

純平さんが、ピクリと眉を動かす。

「もしかして……情報提供者か？」

「え？」

突然勢いよく立ち上がった彼を、私は戸惑って見上げた。

「お前が男に尾け回されていたことを知っていて、彼女も実際に見ているとか」

純平さんは、私の手から名刺を摘まみ、目の高さに掲げる。

「い、いえっ」

質問の意図を理解して、私は弾かれたように首を横に振った。

「あれは、まだ桃子と友達になる前のことで、話してません」

万が一、桃子まで巻き込まれたりしたら大変。慌てて、早口で否定した。

「なんだ、そうか」

純平さんは、わかりやすく期待外れといった顔をして、ストンとチェアに腰を戻す。

「それじゃあ、この名刺はなんだ？」

人差し指と中指で名刺を挟み、私に視線を投げた。

「〝お兄さん〟を紹介してほしい、と言われて」

私はためらいがちに、たどたどしく答えた。

「え？」

「よかったら、連絡ください、って……」

一瞬険しくなった彼の瞳から逃げ、歯切れ悪く告げる。

純平さんも、名刺の意味に合点したようだ。

「無闇に個人情報を垂れ流すもんじゃない。返してきてくれ」

クッと眉根を寄せ、名刺を床にひらりと落とす。チェアをギッと軋ませて凭《もた》れかかる彼に、私はパチパチと瞬きを繰り返した。

「……あ」

ハッと我に返って、足元に落ちた名刺を拾い、背筋を伸ばす。

「なにか不満でも？」

「ふ、不満なんか」

斜めに見上げてくる彼の前で、わずかに逡巡して……。

「……興味、ないんですか」

無意識に、ポツリと呟く。

純平さんが、「は？」と眉をひそめた。

「桃子は、私と違って美人です。大人っぽいし」

目を合わせられずに彷徨わせ、意味もなくパジャマの裾を掴んで引っ張る。

「ああ。確かにな」

軽い調子の相槌に、グッと詰まったものの……。

「その桃子が、純平さんに好意を寄せてるのに？」

「………」

「わ、私を〝妹〟と思ってるから、断ることもできなくて、それで……」

「俺には結婚前提の彼女がいる、とでも言っておけ」

純平さんが再び立ち上がり、大きく一歩踏み込んできた。

彼の広い胸が鼻先を掠め、私は思わず背を仰け反らせた。

「俺にとって女の価値は、大人っぽいとか子供っぽいとか、美人とか醜いとか、そんなところにはない」

「え……」

頭上からまっすぐ注がれる瞳が、どこか妖しく艶めく。

仄《ほの》かな危険を感じ、私の心臓がドクッと跳ね上がった。

それでも金縛りにあったみたいに動けない私の頬に、純平さんが手を伸ばしてきた。

硬い甲で頬をくすぐられる微かな感触に、私はピクッと震える。

彼が、ニヤリと、狡猾《こうかつ》な笑みを浮かべた。

「見た目や態度、性格……すべてひっくるめて、俺の性癖を刺激するかどうか」

そこはかとないいかがわしさを感じて、怯みながら反芻した。

「せ、性癖？」

「そう」

純平さんが、なんとも満足げにほくそ笑む。

「その上で、俺の欲望を満たせる女かどうかだ」

「純平さんの、欲望……」

続く言葉からは、さらに淫らなニュアンスが漂う。

思考を巡らせるよりも、心臓が騒ぎ出す方が早かった。ドキドキと早鐘のように拍動する胸に、無意識に両手を置く。

純平さんが、「ふっ」と吐息を漏らす。

「ちょうどいい、知らしめてやる。こっちも、夫を兄などと紹介する妻は、みっちり懲らしめてやらねばと思っていたところだ」

私を見つめる黒い瞳が、獰猛な光を湛えるのに気付き、背筋に寒気に似た戦慄が走った。私がひゅっと喉を鳴らして息をのむと、彼は愉快げに微笑む。

「なにをされるか不安で、怖いか」

わりと物騒な質問はとても楽しそうで、弾んで聞こえる。

――怖い？

身体がゾクッとするこの感覚は、恐怖なんだろうか。

自分自身に問いかける間、私は瞬きも忘れた。

頬を擦る大きな手に、ちょっと痛いくらいの力がこもり、

「んっ……」

反射的に声を漏らした私の目を、純平さんがわざわざ背を屈めて覗き込む。

そこに、なにを見出したのか……。

「違うな」

悦に入って、口角を上げる。

「これからなにをされるのかという、期待だ」

彼の薄い唇が、まるで見せつけるかのようにゆっくり動くのを見て、私の鼓動は限界を超えた。

「……お前の、そういうところは、気に入ってる」

言われたことを自分の中で咀嚼《そしゃく》しきれず、理解が追いつかない。

なのに、私に降り注ぐ彼の影は、容赦なく色濃くなっていき……。

「純……」

最後まで名を呼ぶことは叶わず、私は純平さんに唇を奪われていた。


純平さんに触れられると、全身が切ない疼きに支配される。

キスされると、頭の神経が焼き切れて、再生不能になるほどとろとろになってしまう自分を、初めて知った。

スコールのように降ってくる絶え間ないキスに、呼吸もままならず――。

私は、いつの間にか、彼の寝室に運ばれていた。

熱く激しいキスでボーッとしている間に、呆気なくパジャマの胸元をはだけられた。

少し強く胸を掴まれ、そこでやわやわと動く彼の指はなんとも心地よくて、私に鮮烈な痺れを刻みつける。

「じゅん……純平、さ」

朦朧とする意識の中、くぐもった声で名前を呼ぶと、彼は小さな吐息で私の唇をくすぐった。

「随分、気持ちよさそうだな」

そう言う彼の声も、情欲に湿っている。

胸の先を音を立てて吸われ、ビリビリとした快感が私の全神経を支配する。私は堪らず、背を撓《しな》らせた。

「ひゃんっ……！　純平さん、ダメっ……」

「ダメ？　ああ……確かに、お前が言った通り、俺が〝お兄ちゃん〟だったらダメだな。偽装結婚よりも、相当マズい」

どこか、皮肉めいた囁き。

――もしかしたら、桃子に〝兄〟と紹介したのを、結構不愉快に思ってたのかもしれない。

「ふ、うん……！」

堪らず声をあげると、彼は満足げにほくそ笑む。

そんな嗜虐的な表情にも、背筋がゾクゾクと戦慄する。

肌がゾワッと粟立《あわだ》ち、お腹の奥の方がきゅんと締めつけられる。

「う、あ……」

生理的に滲んだ涙で、視界が霞《かす》む。それでも必死に彼に目の焦点を合わせ、意識を繋ぎ止めようとした。

　だけど。

「あ、ふっ」

　彼の影が色濃く落ちてきて、噛みつくようなキスをされた。

　強引に割って入ってきた、まるで生き物のように動く舌に搦め捕られ、翻弄される。

　ひとしきり艶かしく絡め合った後、

「ふぁ……」

　離れていく唇が恋しくて、虚ろな目で追った。

　繋がったままの唾液の糸を切るように、純平さんが自分の唇をペロッと舐める。

「あ……」

　堪らなく妖艶な仕草に、私の身体は戦慄く。

　彼は、組み敷いた私を上から見下ろし、

「……ふっ」

　好戦的に目元を歪め、甘い吐息を漏らした。

「いい顔するな。お前」

　わざわざ私の耳をくすぐりながら、低い声で囁く。

「ゴロゴロ喉を鳴らして、『もっともっと』と甘える猫みたいだ」

「ふ、うん……」

返そうとしたのは、『猫じゃない』という抗議だったか。

それとも、従順に『もっともっと』と喉を鳴らそうとしたのか。

――もう、どっちでもいい。

「従順で可愛いな、歩。……最高に気分がいい」

彼のその言葉で、すべて吹っ飛んだ。身体の外も中も、ジンジン痺れる。

「……ふ」

純平さんは、私の耳を甘噛みして……。

「や、あああっ……‼」

満たされず、切なく疼いていた場所を容赦なく一気に突かれ、私の中が悦びに蠢く。

「く、っ……」

純平さんがクッと眉根を寄せて、喉を仰け反らせる私を掻き抱いた。

だけど、意志と関係のない痙攣は、止まらない。奥深くに穿《うが》たれたものが、狂暴に力強く脈打つ感覚がリアルで、頭にまで鳥肌が立った。

「……落ち着け、歩」

ガクガク震える私の頭の上で、純平さんがポンポンと手を弾ませる。

私は、お腹の底からせり上がる快楽にのまれ、自ら彼の唇を求めてキスをした。

「んっ……こら」

宥めるように呟きながらも、彼の方から舌を絡めてくれて、干上がるほどの渇望が満たされる。

潤い、全身の神経が痺れる――。

純平さんに言われた通り、私はこうされることを期待していたのだろうか。

この夫婦関係は、仮初めのものなのに。

私は、ただの偽装妻なのに。

この幸せも悦びも束の間のもので、永遠には続かないのに、今彼とこうしていられるのが嬉しいなんて……。

冷静な常識のもと、理性を保とうとする自分が、心の片隅で疑問を呈している。

だけど、もうなにもわからない。

甘く痺れる激烈な悦楽に身を委ね、今はただ、ドロドロになってしまいたかった。

身体を繋げた後――。

私が大きく乱れた呼吸を整えているうちに、純平さんは、スースーと規則正しい息を立て始めた。

「純平、さん……？」

彼の胸元からそっと顔を上げ、額の先に、穏やかな寝顔を見つける。

純平さんは、まるで睡魔に吸い込まれたように、眠っていた。

手を伸ばし、彼の額にかかった前髪を退けた。露わになった無防備な寝顔に、ほおっと息を漏らして見惚れる。

無意識下で、どうしてこんな美しい寝顔を保てるんだろう。胸がきゅんと疼いて、私は両手で彼の頬を挟んだ。

「ん……」

彼はほんのわずかに眉間に皺を刻んだものの、私の手を払うことはなく、むしろ顔を動かして摺り寄ってくる。

「かっ、可愛いっ……」

昼間の純平さんだったら、絶対にしないであろう甘える仕草に、ハートを鷲掴みにされた気分だった。

「んっ」

薄く開いた唇に、思わずキスをして――。

「……っ！」

自分の行動にドキッとして、我に返った。

激しい羞恥心に駆られ、身体を火照らせる。

「わ、私、なにやってんの……」

頭のてっぺんから蒸気が噴き出そうなほど真っ赤に染まった顔を、彼の胸にぐりぐりと擦りつけた。

そこでまた、起こしてしまうとハッとして、ピタッと動くのをやめて肩を縮ませた。

呼吸を止めて彼の気配を窺ったものの、頭上から聞こえる寝息が乱れることはない。

私はホッと安堵して、意識してゆっくり顔を離した。

目線だけ上げて、もう一度彼の寝顔に見入る。固く目蓋を閉じていると、目の下にうっすらとクマがあるのが確認できる。なにか胸に迫るものを感じて、私はきゅっと唇を結んだ。

警察官僚――日本国家の秩序を維持し、国民の安全・安心を守るという重大な使命を背負った、とてもとても大変な仕事だ。日々、身を粉にして働いて、積もり積もった疲労は相当なものだろう。

それでも、私を守ってくれる。

たとえ、それが彼の仕事であっても。自身のキャリアのためだと言われても、私は嬉しい。

こうやって、彼のそばで過ごせることが――。

心臓が、とくんとくんと静かに騒ぎ出す。

純平さんが私に向ける欲情が、いわゆる性欲なのは、嫌でもわかる。

ただの偽装結婚なのにと抗う気持ちを、根っこから削ぎ取ることもできない。

でも、どんな理由であれ、彼が私を求めてくれるのなら、拒めない。

純平さんは、私を『可愛い』と言って、楽しそうに抱くから。

私の隣で、穏やかな顔で眠ってくれるから……。

――いや、違う。

彼のためとか、そんなの言い訳だ。

私が、そうしたい。

純平さんのそばで、甘く切なく翻弄されて、意地悪に愛でられたい。

――私も、愛したい……。

「っ……」

昨夜からのモヤモヤも、桃子に純平さんを『紹介して』と言われて、断りようがなかったジレンマも、醜い嫉妬も……。

私の身を蝕んでいた渇きが、彼に抱かれて潤った理由も、霧が晴れたように唐突に繋がった。

私、仮初めの旦那様が好きなんだ。

純平さんに、恋をしてしまったんだ……。

翌週月曜日の、午前中。

お手洗いの洗面台で偶然桃子と顔を合わせた時、私は預かっていた名刺を返した。

「結婚前提の彼女がいるから、って……」

純平さんが言った通りの理由を告げたけど、後ろめたさが半端じゃない。

「そっか～」

桃子はハンドペーパーで手を拭いてから、すんなり名刺を受け取ってくれた。

「まあ、あんな極上物件だし、お手つきで当然よね」

腕組みをして、「うんうん」と納得している。

私は鏡越しに、その表情を窺った。

桃子はいつもと変わらずサバサバしていて、深くがっかりした様子はない。

『紹介して』というのも、わりと軽い気持ちだったのかな。それなら、名刺を返されたことで、もう切り替えができてるかもしれない。

だけど、友達に嘘をついた罪悪感は、私の中でいつまでも消えない。

――やっぱり、言わなきゃ。

私は、身体の脇に垂らした手を、ギュッと握りしめた。

「あのね、桃子」

思い切って呼びかけ、身体ごと彼女に向き直る。

「ん？」

桃子は鏡の方に少し乗り出し、指先でちょんちょんと前髪を直しながら、視線だけ私に流した。

「じ、実はね。その……」

一度言葉を切り、ゴクッと唾を飲んで自分を後押しする。

「彼は、私のお兄さんじゃないの……！」

全身に力を込め、一気に吐き出した。

「は？」

桃子が私に顔を向けて、パチパチと瞬きをする。

「ごめんね。詳しいことは話せないんだけど、純平さんとは、東京に来てから出会って。わ……私の、好きな人なのっ」

私は勢いに任せて口走り、言い切った途端、肩を落とした。

「嘘、ついた。ごめんなさい……」

桃子は最後まで口を挟まず、聞いてくれていたけれど。

「ふーん。やっぱりか」

目を細めて、悪戯《いたずら》っぽく笑った。

「え……？」

彼女の反応からは真意が読めず、探るように見つめてしまう。

「兄妹っていうのは、嘘だろうなって思ってたよ。だって、全然似てないし」

腕組みをしてしれっと指摘されて、私は「うっ」と口ごもった。

確かに、私と純平さんが兄妹なんて、突然変異と言い訳しても苦しい。

「なにか、本当の関係を隠さなきゃいけない理由があるんでしょ？」

続く質問には、神妙に頷いた。

そして。

「あの……やっぱり、って？」

恐る恐る訊ねてみると、

「歩、彼のこと、私に教えたくなさそうだったし」

ほんのちょっと棘がこもった、じっとりした視線を送られ、額に変な汗が滲む。

「ご、ごめん……」

私が恐縮しきって声を尻すぼみにすると、桃子は「ふう」と声に出して息を吐いた。

「私、恋愛は早い者勝ちじゃないと思ってるし、歩に遠慮して引き下がるわけじゃない。でも、彼が歩のこと大切にしてるのはわかる。負け戦はしない主義なの」

ふん、と鼻を鳴らしてから、ニッと口角を上げる。

「えっ、大切!?　……純平さんが、私を？」

予想もしない言葉にギョッとして、私は思わず目を剥いてしまった。

彼女は平然とした顔で、「うん」と頷く。

「彼も話合わせたし、彼氏じゃないんだろうけど。アフターファイブに車で迎えに来てくれるなんて、歩のこと大事だからに決まってるじゃない」

私と純平さんの今までの経緯を説明できないせいで、桃子が完全に誤解していることに気付いた。

「あ。いや、えっと……それは違うの。この間迎えに来てくれたのは……」

「警察官僚ってのは、ほんとなんでしょ？　超多忙だと思うのに、デートしてくれるんだもの、絶対脈ありじゃない！」

桃子は胸を張って、やけに力強く言ってくれるけれど。

「……ありがとう。嬉しいけど、この間はデートなんかじゃないの」

「え？」

「私を大事にしてるわけでもない。私の絶対的片想いだよ」

私は唇を結んで、自分の足の爪先に目を落とした。

純平さんは、桃子の名刺も、下心とは思いもせず、真っ先に仕事に結びつけた。私が例の男の人のことを彼女に話したと言ったら、多分、あの場ですぐに電話をかけただろう。

私のことも……彼が指揮官を務める事件に巻き込まれたりしなければ、まったくの無関心だった。いや、今だって、私自身にはなんの興味もない。私が無自覚のうちに、彼の性癖とやらを刺激してしまっただけ。私にキスするのも抱くのも、性欲を満たすためで、それ以上の意味はない……。

「……はあ」

がっくりとこうべを垂れて、溜め息をついた。

「歩？」

桃子は私がなにを思い耽っているかわからず、少し声を低くして探ってくる。

「私が恋に不慣れじゃなかったら、少しは上手く立ち回れるのかなあ……」

「え？」

独り言を拾われて、わずかに逡巡してから、結局黙ってかぶりを振った。

純平さんは、今の私を『可愛い』と言ってくれたんだから、背伸びせずにこのままでいればいい。

そばにいられるうちに、好きになってもらえるように頑張る。

今やるべきことは、それだけだ。

「……よし」

私は握り拳を作って大きく頷き、自分を叱咤《しった》激励した。

「桃子、仕事戻ろう」

「え？　うん……」

私は彼女を促してお手洗いを出て、オフィスに向かって歩き出した。

商品企画部では、週に一度、グループ毎に定例企画会議を行っている。

私が所属する第一製菓グループは、水曜日の午前中になることが多い。

新米の私は、まだ企画書の作り方を教わっているところで、アイデアを出すには至らない。でも、資料やプロジェクターの準備、議事録の作成、そして後片付けという役割で、会議に参加している。

グループメンバーは、主任以下六人。みんな三十代前半で、二十代の私は一番下っ端だ。多くのヒット商品を生み出してきた先輩たちのプレゼンを聞いていると、自然と武者震いがする。

どれもすごいアイデアばかりで、自分でも食べてみたいなとか、商品になってお店に陳列されるのを想像して、ワクワクしてしまう。

ほとんど手直しの必要なく、開発に回る企画もあれば、ボツになる企画もある。より良いものにするために、グループ内でさらに練る企画もあって、そういう時は私にも意見を聞いてもらえるから、脳みそを搾って頭を働かせる。

いつか必ず大ヒット商品を生み出すという野望のもと、自社商品に企画から携われる誇りを持って、目標を新たにする。

会議の度に、早く自分で企画を挙げたい思いが強まる――。

今日の会議は意見の応酬合戦で白熱して、三十分延長された。三つの企画を来週に持ち越して散会して、そのままお昼休憩の時間になった。

私はグループの先輩三人に誘われて、社員食堂に向かった。

なににするか散々迷って、ベーコンとアスパラの春パスタセットをチョイスした。

会計を済ませて辺りを見回すと、先輩が席を取ってくれていて、隅の方のテーブルから手を振ってくれた。

「お疲れ様です」

向かいの椅子に腰かけると、男性の先輩、加藤《かとう》さんが、「お疲れ」と返してくれた。

他の先輩たちも、私の後からやってきて、それぞれ席に着いた。

「どう？　菅野さん。少しは慣れた？」

私の隣に座った女性、増本《ますもと》さんが、そう訊ねてくれる。

「部の雰囲気には、だいぶ……。仕事はまだまだ、要努力です」

斜め前の席の男性、郷司《ごうし》さんが、わずかに眉尻を下げた。

「企画に来た以上、まだまだどころか、この先ずっと努力だよ。企画書出すようになったら、アイデアに繋がる物を探して、常にアンテナを張り巡らせなきゃいけない」

「は、はいっ。頑張りますっ」

企画という仕事の酔いも甘いもすべて知り尽くしている先輩の助言に、私は条件反射でビシッと背筋を伸ばした。

増本さんが、「脅かさないの」と苦笑いする。

「萱野さんは、志願して企画に来たんだから。真面目で熱心だし、期待してるわよ」

ポンと肩を叩いて激励されて、緊張に勝る嬉しさで、気分が高揚した。

「ありがとうございます!」

「菅野さんは若いから頭も柔軟だし、発想も新鮮だろうな。いいなあ、若いって」

「加藤君だって、まだ三十になったばかりじゃない」

加藤さんが目を細めてボヤくのを聞いて、増本さんが即ツッコんだ。

「いやいや。二十代と三十代で、だいぶ感覚も変わりましたよ。仕事でもプライベートでも、冒険しづらくなったって言うか」

「ああ、わかる。それ」

郷司さんが同意して、『うんうん』と頷く。

「二十代の頃、意気揚々と出した企画、今じゃ絶対、出すのに躊躇するのもあるもんなあ」

「へえ……どんなのですか？」

男性ふたりがしみじみと言うのを聞いて、私は興味津々で身を乗り出した。

「タピオカクッキーとか」

「⁉　知らないです。東京限定とかですか？」

自社製品にはかなり精通しているつもりだけど、初耳だった。私は目を剥いて、即調べてみようと、スマホをテーブルの上に置いた。私たちのやり取りに、増本さんが小さく吹き出す。

「発想は面白かったんだけど、試作の段階で、グループ全員で、売れないって結論に至ったのよね」

「なるほど……」

納得してスマホから顔を上げると、男性ふたりはお蔵入り企画をネタに話し始めた。

増本さんが食事を進めるのを見て、私もフォークを手に取る。

「あの。増本さんって、普段どんな風にアイデア探してるんですか？」

そおっと訊ねてみると、彼女は思考を巡らせるように目線を天井に上げて、「うーん」と唸《うな》った。

「視野を広く持つことかな。自分だけの世界じゃ狭いから、まず固定観念を払拭する。本を読んだりテレビを観たり。旅行も買い物もいっぱいして、とにかくなんでも手に取ってみる」

「ふむふむ」

「コンビニで他社商品見るのも、いいヒントになるわよ。私、コンビニなら、一時間居座れる自信ある」

「こ、コンビニに一時間！」

私が素っ頓狂な声を出すと、加藤さんが肩を揺らしてくっくっと笑った。

「それで不審がられて、増本さん、このビルから一番近いコンビニ、出禁になったんですよねー」

「えっ⁉」

「うるさい、加藤。黙れ」

私はあ然としたものの、長年一緒に商品企画に携わっているからこその、苦労話と失敗談。

私も早く、そういうものも全部共有して、成功を喜びたい。

「旅行、買い物。なんでも手に取る。コンビニに居座る……」

増本さんの言ったことを、自分に刻むように呟き……。

「………」

すぐに、私には現状、どれも難しいことを思い出した。

＊＊＊

午後十一時。

俺は自分のデスクで、思考を巡らせた。

先ほど終わった捜査会議で、拘留期限を目前にした大島照子の起訴報告を受けた。この先は、検察に委ねることになる。だが、最後まで、彼女の口から、ミッドナイトや売買組織に結びつく有力な証言を得ることはできなかった。

覚醒剤で起訴、有罪判決を受けても、日本の司法下ではせいぜい数年の有期刑だ。組織本体が安泰であれば、出所後の生活も保障されるからか。それとも、報復を恐れているのか……。

組織から多額の報酬を得ているバイヤーは、末端といえど忠誠心が強い。しかし、バイヤーにも至らない末端の末端なら、保身に出る確率が高い。

だからこそ、歩を尾けていた男が関係者ならば、一刻も早く突き止めたい。

確かな焦りが広がると同時に、俺は朝峰に言われたことを思い出した。

『そんな貴重な証人を囲ってるなら、男をおびき出すのにぜひ協力を』――。

一瞬、思考がグラッと傾いた時、ふと影が降ってきた。

「瀬名さん。自分、これから検察庁に……って、なにしてらっしゃるんですか」

ハッとして顔を上げると、デスクの前に新海が立っていた。

「なに、とは……」

質問で返しかけて、彼の視線が俺の手に落ちているのに気付く。

俺も、手元に目を落として……。

「……握力強化訓練だ。それがなにか？」

無意識に握っていた青いゴムボールを、デスクに戻した。

「瀬名さんの右手の握力、六十キロありますよね。十分じゃ……」

「精神安定にも、ちょうどいい」

「なるほど。……でも、握力を鍛えるわりに、握り方がソフトですね」

「新海。用はなんだ？」

腑《ふ》に落ちないのか、首を捻る彼を遮り、椅子を軋ませて立ち上がる。

新海が、条件反射のように、姿勢を正した。

「はいっ。大島の件で、検察庁に行って参ります」

「そうか、ご苦労。今日は、そのまま直帰しろ」

「はっ！」

軍隊のようにキビキビと回れ右をして、カツカツと踵を鳴らして離れていく背中を見送り、

「ふう」

俺は、椅子に腰を戻した。

一度天井を仰ぎ、ややセットが崩れた前髪をザッと掻き上げる。

大島の起訴で捜査が膠着《こうちゃく》状態に陥った今、どうしたらあの男の尻尾を掴めるか……。俺は顎を引いて、デスクの上のゴムボールをジッと見つめた。

脳裏に歩の顔を思い描き、再びゴムボールを取って手の上で弾ませる。

――歩をひとりで泳がせたら、あの男は姿を現すだろうか。

歩を保護したのは、一般人を事件に巻き込むことになったら、俺の顔に傷がつくからだ。

だというのに、あえて〝巻き込む〟ことを考えるほど、捜査状況は芳しくない。

あの男の狙いが歩にあるのは明らかなのだから、彼女を囮《おとり》にすれば、警察の包囲網の中におびき出すことも可能だ。

この際、ストーカー行為という別件逮捕でもいい。とにかく拘束さえできれば、捜査の進捗が期待できる――。

一瞬、真剣に考えて、ハッと我に返ってかぶりを振る。

なにを考えているんだ、俺は。どう考えても、本末転倒。

……しかし。

その間も俺が終始監視していれば、歩を危険に晒す前に、男を確保できる。

そうしたら、彼女を保護する必要もなくなる。

家に帰し、本来の生活に戻してやれる。

彼女も、それを望んでいるだろう。

「…………」

俺は、顎を撫で、思案した。

――精神安定とは、我ながらよく言ったものだ。

俺は今また再び、新海に指摘されたようにソフトな力で、ゴムボールを握っていた。

愛でられる

夜の報道番組をＢＧＭに、私はリビングで商品のアイデアを考えていた。

床にペタリと座り、テーブルの上に置いたタブレット端末に、思いつくままにメモしていく。

郷司さんは、二十代の頃に出した企画を『冒険』と言った。メンバーの中で、唯一二十代の私に求められるのは、追い風に乗った勢いのようなものだと、なんとなく理解している。

商品化には至らない、奇抜なくらいがいい。だけど、私が書き出したアイデアといったら、どれもこれも既視感が漂う。独創性に乏しく、パワーがない――。

「あーあ……」

頭が疲れて、私はテーブルに突っ伏した。片方の頬をひんやりするテーブルに預け、壁時計を見遣る。

十一時半。純平さんは、まだ帰ってこない。

私は、声に出して溜め息をついた。

増本さんに教わった、アイデア探し。本を読んだりテレビを観たりするのもいいけど、今どんなものが売れ筋か、最新の製菓市場を知るには、やはり実際に店頭で手に取ってみるのが一番だ。でも私は、近くのコンビニにすら、ひとりで自由に行けない。もうすぐGWだし、少しでいいから外出したい。それを相談したくて、純平さんを待っていたけど、今夜は諦めた方がいいかな……。

そう心を揺らした時、玄関の方でドアが開く音がした。

「あ！」

私は、弾かれたように立ち上がった。

「純平さん、お帰りなさい！」

パタパタとスリッパを鳴らして、玄関先まで小走りした。

廊下に上がった純平さんが、眉間に皺を刻んだ。

「騒々しい。深夜だぞ。時間をわきまえろ」

「ご、ごめんなさい。純平さんに相談したいことがあって」

条件反射で、両足を揃えてピタリと止まる私に、目線だけ落とす。

「……ったく」

ネクタイを緩めながら溜め息をつくと、私の横を通り過ぎて、先にリビングに向かっていった。

「あの……お疲れのようなら、また明日にします」

私は肩を縮めて、彼の後に続く。

「明日も明後日も同じだ。十分だけ付き合ってやる。なんだ？」

純平さんは、わりと乱暴にスーツの上着をソファに放ってから、勢いよくドスッと腰を下ろした。私は彼の前に回り込んで、パジャマの裾を掴み、

「もうすぐ、ＧＷですね」

どんな風に話を持っていこうか考えて、そう切り出した。

唐突すぎたのか、純平さんは私を見上げて、「は？」と眉尻を上げる。

「お前はな。警察には、ＧＷはもちろん、盆も暮れもない」

「わ、わかってます。だから、その」

宿題を忘れて、教師に怒られる小学生みたいな気分になって、私は目を彷徨わせた。

「実家に、帰ろうかと」

「え？」

彼の瞳が険しく光るのを見て、竦み上がる。

でも、なんとか許可をいただきたい。

私は自分を鼓舞して、彼に目線を合わせた。

「仕事のためなんです。私はお菓子の企画を挙げるのが仕事なので、GWを使っていろいろリサーチしたくて」

鋭く厳しい瞳に射貫かれ、後ずさってしまいそうになる。それでも、なんとか足を踏ん張り……。

「私の地元なら、あの男の人に尾け回されることもないと思うし」

「………」

「コンビニとか本屋とか、回りたいんです。東京じゃ無理だけど……」

純平さんは、私の言葉の途中で、テレビの方に視線を流した。

「テレビ。観ろ」

「え?」

私は促されるままに、肩越しに振り返った。

テレビに映し出されたスーパーを、目で追おうとすると、

『警視庁は今日、複数の客と覚醒剤を売買したとして、覚醒剤取締法違反の疑いで、大島照子容疑者四十一歳を逮捕、起訴したことを明らかにしました』

女性キャスターが読み上げるニュースが、耳に飛び込んできた。

純平さんが、無言で長い足を組む。

私は無意識に、テレビの方に向き直った。

何時頃のことなのか、映像は暗い。報道陣が焚《た》く、眩《まばゆ》いフラッシュに浮かび上がるのは、数人の刑事に左右を固められて車に乗り込む、伏し目がちの女性だ。

「あ……！」

東京駅で乗り換え方法を教えてくれた、あの女性だった。

あれから三週間ほどで、随分とやつれた印象だけど、間違いない。なんとも説明し難《がた》いショックを受けて、私は呆然とした。

『大島容疑者は、三月下旬、東京駅で客と取引しようとしていたところを、張り込んでいた警察に取り押さえられました。警視庁では、覚醒剤の流通方法など、組織的な犯罪と見て捜査を進めていました』

女性があの後どうなったか教えてもらっていなかったけど、その日のうちに捕まっていたようだ。私は、ドクドクと騒がしく拍動する胸に手を当てた。

「お前に商売道具を押しつけて逃げようとした女は、この後司法に委ねられる。どんな気分だ？」

「どんな、って」

質問に戸惑って、もう一度彼に目線を戻した。

純平さんは腕組みをして、私の反応を上目遣いで待っている。

「重大犯罪に巻き込まれたということを、自覚し直せ」

それでも私が答えられないから、冷淡な溜め息を漏らした。

「なんだ？　まだ同情してるのか？」

揶揄するみたいに口角を上げる彼に、私はごくんと唾を飲む。

このショックは、彼が言う同情だろうか？

心の中で自問自答して、俯《うつむ》いてかぶりを振った。

「いえ……。あの女性……大島さんは、犯罪者です」

「……ほう？」

たっぷり時間をかけた返答は意外だったのか、純平さんが興味を示したように眉尻を上げた。

「三週間も経てば、お前でも少しは擦れるか」

「擦れるなんて。私の個人的感情で、大島さんを擁護することはできません」

「結局、大島を〝いい人〟と思った気持ちは、まだ消えないということか」

私が揺れ動いているのを簡単に見透かして、呆れたように言い捨てる。

口を噤む私の前で、ソファを軋ませて立ち上がった。

「お前は、甘い」

やや乱暴に顎を掴まれ、顔を上に向けられる。反論の余地はなかったから、私はグッと唇を噛んだ。

純平さんは、こうなってもなお、彼女が温かいパワーをくれたと思いたい私を、蔑んだだけじゃない。

東京から離れた地元でなら、ひとりで出歩くことも可能じゃないか——そんな都合のいい甘えた思考回路を、バッサリと寸断したのだ。

「ごめんなさい。諦めます……」

がっかりして、しゅんとした。泣きそうになって歪む顔を見られたくないけど、彼が手を離してくれないから、隠すこともできない。

「じゅ、純平さん」

私は、彼の手首に手をかけた。

「もう、言いません。だから、離し……」

目を逸らして言う途中で、純平さんがいきなりキスをしてきた。

驚く間もなく、ぬるりと入ってきた舌が、私の口内を蹂躙《じゅうりん》する。

「ふあっ……」

意志とは関係なく、鼻から抜けるような声が漏れる。

ガクッと膝が折れそうになった時、ゆっくりと唇が離れていった。

「泣くな」

額の先で、そういう形に動く濡れた唇を、私はボーッと目で追う。

「俺の前で泣くのは、逆効果だ。むしろ、とことん虐めてやりたくなるだけだからな」

「じゅん……」

「……はっ⁉」

とろんとして、麻痺しかけていた思考回路が、一気に正常運転に切り替わった。

「警察のくせに、なんて恐ろしいことを口走るんですかっ」

憤慨して頬を膨らませる私に、彼はくっくっと含み笑いを漏らし、ようやく顎から手を離してくれた。

私は反射的に一歩飛び退き、警戒心を露わに、涙目で彼を睨みつけた。

大した威圧にもならなかっただろうけど、純平さんはひょいと肩を竦める。

「実家に帰るのは却下だ」

一瞬にして真顔に戻る彼に、私は何度も首を縦に振って応えた。

「わかりました。本当に、もう言いませ……」

「ひとりで家にいるのが辛いんだろ。一日くらいは休みにする。外に連れていってやるから、リサーチに行きたいところ、考えておけ」

「は……って、えっ？」

返事をする途中で、私は聞き返した。

大きく目を見開き、耳を疑っていると、純平さんは「ふん」と鼻を鳴らして、上着を拾い上げる。

「それで不満なら、あとは知らん。俺もその方が助か……」

「行きます！　リサーチ！」

私は、踵を返しかけていた彼の腕を、両腕で掴んだ。

そして。

「あの……これってデートでしょうか……？」

返事をした途端に思いついて、胸をドキドキさせながら上目遣いで探る。

「は？」

純平さんは、虚を衝かれた様子で瞬きをしてから、ムッと口をへの字に曲げた。

「なにを言う。コンビニに行くくらいで、デートとは言わない。この間の買い物と、大差ないだろう」

「そっか……そうですよね」

やけに胸を張って否定されて、私はしゅんと肩を落とした。

「でも、ふたりでお出かけだし。純平さんに恥を掻かせないように、できる限りおめかししますね」

ぎこちなくへらっと笑って見上げると、彼はなにか逡巡するように顎を摩って……。

「まあ、コンビニと本屋じゃ、二時間もあれば用は済むか」

ポツリと独り言ちるのを耳にして、私はその続きを待って首を傾げた。

「せっかく一日休みにするのに、もったいない。……お前、それ以外に行きたいところあるか？」

「え……」

予想外の質問に、大きく目を瞠った。

「コンビニ以外に？　え、それじゃあ、本当にデート⁉」

問われたことを頭の中で噛み砕き、がっかりが一転、私は声を上擦らせた。

「勘違いするな。デートなんかじゃ……」

「私、東京で行きたいところ、たくさんあるんです！　水族館に博物館に、スカイツリー。それから……」

異動が決まってから、ガイドブックを眺めて思いを馳《は》せた幾つもの観光スポットが、走馬灯のように脳裏をよぎる。

「あ、中華街に、夢のテーマパークとかも……！」

「断る。GWにあんな人の多いところ、疲れに行くだけだろう」

呆れ果てた顔をしていた彼が、盛り上がる私をビシッと寸断する。

「えー……」

「お前は、仕事のリサーチをしたいと言った。目的を違えるな。本屋、コンビニ、それ以外はオプションだ。ついでに行ける近場にしろ」

腕組みをして言われて、私もグッと言葉に詰まった。

「はい……」

私の気分は、ジェットコースター並みに乱降下して、またしても沈んだ。

純平さんが私を見下ろし、「はあ」と声に出して溜め息をつく。

「まあ……水族館くらいなら、付き合ってやってもいい」

彼らしくないお慈悲を理解するのに、たっぷり一拍分の時間を要した。

「……えっ⁉」

目を剥いて、素っ頓狂な声をあげた私に、純平さんは鬱陶しそうに片目を瞑る。

そして、どこかわざとらしく左手首の腕時計に目を落とし、

「十分になる。話は終わりだ」

私の腕から自分の腕を引っこ抜いて、今度こそ止める隙を見せずに、さっさと身を翻した。

「は、はいっ！　お休みなさい！」

私は条件反射で姿勢を正し、二階に続く階段を上っていく彼の背中を見送って……。

「……うわあああ」

心臓がバクバクと騒ぎ出す。

火照った頬を両手で押さえて、その場にしゃがみ込んだ。

まさか、純平さんが、私のために休みを取ってくれるなんて。

その上、デートに誘ってくれるなんて、嬉しすぎる……！

私は、降って湧いたデートへの期待に、胸を弾ませた。

＊＊＊

今年のGWは、暦通りに勤務する者にとっては、大型連休とはならなかった。

俺は後半の中日に休暇を取り、朝から歩と連れ立ってエントランスに降りた。

ロビーを並んで歩く俺たちに気付いたコンシェルジュが、「おはようございます」と声をかけてきた。

会釈で返す俺の隣で、歩が「おはようございます！」と明るく挨拶をする。

「おふたり揃っておられるの、初めて見ました。今日はご夫婦でお出かけですか」

「はい。純……しゅ、主人が、お休みを取ってくれたので」

わざわざ足を止めて、コンシェルジュと会話を始めた。

「瀬名さん、お忙しい方ですしね。新婚さんだし、嬉しいでしょう。瀬名さんも、奥様と楽しんできてくださいね」

最後は、どこか好奇に満ちた目を俺に向けてくる。

この間の住人といい……俺たちの〝結婚〟は、マンション内で着々と広まっている。

そう言い出したのは俺だが、彼女とふたり揃っているところで声をかけられると、新婚夫婦とは人前でどう振る舞うものかと考えてしまい、上手く装えない。

結局俺は、彼女の背を押して促し、マンションを出た。

歩は、買い物の時と同じく、車で出かけると思っていたのだろう。

げてきた。


「今日は、車じゃないんですか？」

地下の駐車場には降りず、駅まで並んで歩き出すと、きょとんとした顔で俺を見上げてきた。

「コンビニ回りたいんだろ？　だったら、かえって不便だ」

俺は、目線だけ彼女に下げる。

「いろいろ歩き回った方が、お前の仕事にも役立つだろ」

「！　そうですね。ありがとうございます！」

歩はパッと目を輝かせて、嬉しそうに礼を言った。

……やはり、人を疑うことを知らない。

なんの疑問も持たずに、〝自分のため〟と納得していた。

相変わらずの純粋さに半分呆れ、逆に俺は気を引き締めて辺りに視線を走らせた。

駅に近付き、人通りも増えてきた。どこかに、例の男の姿がないか、確認する。

外出に電車を使うのは、もちろん彼女の仕事のためではない。

囮とは言わないまでも、歩に外を歩かせ、相手が再び動き出すのを狙ってのことだ。

俺が自宅で歩を保護していることを、簡単に突き止められるとは思わないが、あの男が売買組織に関わる人間であれば、十分可能だ。

今日一日、歩を連れ歩きながら、俺は警察の嗅覚を研ぎ澄ませる……。休暇とは言ったが、これも売買組織の早期摘発のため。ほぼ仕事だ。

「天気よくて、よかったですね。最高のデート日和です」

〝デート〟と思い込んで、声を弾ませる彼女には、軽い相槌を返す。

「まず水族館に行って、お昼は館内で食べたいです。ショッピングモールが近いみたいなので、その後行ってみませんか？」

「ああ。いいんじゃないか」

「歩き疲れたら、カフェで休憩して。帰りに本屋とコンビニ回っていいですか？」

「ああ」

通りを行き交う通行人に意識を働かせ、彼女の提案は上の空だった。

「純平さんは？　どこか行きたいところありますか？　私、お供しますっ」

「ああ」

「……純平さん？」

「…………」

――とりあえず、今のところ、こちらを窺っている不審人物は見つからない。

微かに吐息を漏らしたものの、今日一日、警戒を解いていられる状況にあっては意味がない。ついつい難しい顔をしてから、ふと隣を見ると。

「ん？」

歩がいなかった。

「……おい？」

ハッとして足を止め、振り返る。彼女は俺の数歩後ろで立ち尽くし、俯いていた。

「なにやってる。早く来……」

「純平さん、いくらなんでも、気がなさすぎ……」

呼びかけを遮られ、俺は口を噤んだ。

「そりゃ、純平さんは、今日のデートも渋々でしょうけど、私はすごく楽しみにしていて」

歩が、自嘲気味に言葉を切る。

道端で、距離を空けて突っ立って話す俺たちは、険悪な空気を漂わせていたようだ。

道行く人が、チラチラと好奇の視線を向けていく。

「おい」

俺は、大股で彼女の前に戻った。

「わかった。わかったから、行くぞ」

宥めながら彼女の腕を取り、歩みを促そうとしたが、サッと手を引っ込められ、空振りに終わる。

「おい、どうし……」

「ついでだから言っちゃうと、その呼び方も不満なんです」

わざわざ両手を背中に回し、言葉通り不満げに頬を膨らませる彼女に、俺は眉根を寄せて警戒した。

「え？」

「『おい』とか『お前』とか。私には、妻なんだから名前で呼べって言ったくせに」

予想の斜め上をいく切り返しに、鳩が豆鉄砲を食ったような気分で聞き返すと、

「純平さんは、エッチなことする時しか、私のこと名前で呼んでくれない……っ」

歩はギュッと目を瞑って、半分やけっぱちのように言って退けた。

一応人の耳を憚ってか、声量は抑えられていたものの、すぐそばを通り過ぎていった人たちが、俺たちをわざわざ振り返って二度見していく。

「お前……こんなところで、なんてことを」

俺は苦い思いで顔を手で隠し、腹の底から深い溜め息をついた。

彼女もバツが悪いのか、プイッと顔を背けてしまう。

——ったく、面倒臭い。

どうして俺が、見ず知らずの人間から、いやらしい視線を向けられなきゃならない。

俺は、苛立《いらだ》ち紛れに、前髪を掻き上げた。

いっそ、このまま彼女を置き去りにして、引き返そうか。実際、あの男をおびき出すには、彼女をひとりにした方が効果的だ。俺は尾行して、見張っていればいい。

しかし……。

「……ほら。早く来い」

俺は彼女に右手を差し伸べた。

歩は拗《す》ねているのか、こちらをチラリとも見ずに黙っている。

「水族館、混むぞ」

彼女が楽しみにしていた水族館で釣って、機嫌を取ろうとした。

それでもなお、そっぽを向いたまま。

「……歩」

結局俺は、白旗を掲げた。先に変なことを指摘されたせいで、名前で呼ぶだけのことに、妙な気合がいった。

歩は、まるで焦らすように一拍分の間を置いて、

「……はい」

俺の手を取った。

俯き、俺を見ようとしないが、機嫌は直ったようだ。照れ隠しなのは、見下ろした耳朶が赤いのでわかる。

名前で呼ばれたくらいで、いったいなにがそんなに嬉しいのか、さっぱり意味がわからない。しかし、指に力を込めて、俺の手をギュッと握りしめる仕草からも、彼女の喜びが伝わってくる。

何故か俺まで、こっ恥ずかしくなってきた。

「別に……呼び方なんか、なんだっていいだろうが」

なんとなく彼女から目線を外して、つっけんどんに言った。

「夫婦を装うからには、お前の『瀬名さん』は、不自然だっただけだ。俺とお前ふたりしかいない家で『おい』と言えば、自分が呼ばれてることくらい、わかるだろ」

そう。呼び方など、特段意識していない。だが、彼女に言われて初めて気付いた。

無意識に名を口にするほど、俺は彼女を抱く時夢中になっている、そういうことだ。

「っ……」

自分でも認めざるを得ない事実に、らしくもなく動揺した。

横から俺をジッと見つめる視線を感じ、居心地悪くて顔を背ける。

「純平さんが呼んでるのは私って、それくらいわかりますけど」

歩が、そう返してきた。

「ちゃんと名前で呼んでもらえると、アイデンティティが満たされるというか」

まるで、自分に確認するような口調で続ける。

「……そんな言い回し、聞いたこともないな。アイデンティティは自分で確立するものので、他人に満たしてもらうものではない」

揚げ足を取って揶揄することで、俺は冷静を取り戻そうとした。

歩が、「う～ん」と悩ましげに唸る。

「それはそうですけど、そういう言い方がしっくりくるんです。認められて、求められてるみたいで嬉しい」

「ああ」

彼女のぬるぬるした説明の途中で、俺は合点して声を挟んだ。

「だからお前は、俺に抱かれる時、あれほどまでに悦ぶのか」

「……えっ⁉」

彼女が、ギョッと目を剥く。

「あ、朝っぱらから、なんてこと言うんですかっ、純平さん！」

「最初に口走ったのはお前の方だろうが」

俺以上に動揺して声をひっくり返らせる様を目にしたおかげで、気分的優位に立ち、冷静と余裕を取り戻すことに成功した。

そうすると、手を繋いだままでいるのが気恥ずかしくて、俺はパッと手を離した。

彼女の温もりが残った手を持て余し、乱暴にスラックスのポケットに突っ込む。

歩は、俺が突然手を解いたことに戸惑った様子で、その場にピタッと立ち止まった。

「ついてこないなら、置いていく」

俺は先に歩きながら、肩越しにチラリと目を遣った。

彼女は自分の手と俺に、交互に視線を向けていたけれど。

「…………」

なにか言いたそうな顔をしながらも、黙って俺の後からついてきた。


開館時間ちょうどに辿り着いた水族館は、案の定激混みだった。

見渡す限り、子連れの家族やカップル、学生らしきグループ……人、人、人。

げんなりする俺とは真逆に、歩はまるで水を得た魚のように生き生きしていた。

イベントスケジュールの前に立ち、

「どうやったら、全部制覇できるかな」

GWだからか、通常より多く催されるショーに、貪欲な呟きを零す。

「イルカとアシカ、ペンギンは外せないですよね。え、カワウソ？　見たい！」

スケジュールボードに食いついて、「むー」と唸る彼女に呆れて、俺は自分のスマホでデジタルプログラムをダウンロードした。

「おい、人の邪魔だ。さっさと退け」

彼女の背を押してボードから離れ、プログラムを表示したスマホを差し出した。

「ありがとうございます！　あ。イルカショーって、ナイトバージョンもあるんですね。第一回は、午後七時から……」

「お前、いったい何時間居座る気だ」

連れ歩くつもりでいたが、連れ回される羽目になりそうな予感に、俺は深い溜め息をついた。

「だって、こんなすごい水族館、隅々まで楽しまなきゃ、もったいないです」

歩はスマホに食い入っていて、前から歩いてきたカップルに気付かない。

「おい、前見ろ」

俺の注意も一瞬遅く、女性の方とドンと肩がぶつかって、やっと顔を上げた。

「いった〜いっ」

女性が、わざとらしく甘ったるい声をあげる。

「す、すみません」

歩が慌てて謝った。

「ちょっと〜。混んでるんだから、よそ見しないでよね」

──感じの悪い女だ。

歩の前方不注意は間違いないが、それは女性の方にも言えること。

「ごめんなさ……」

「連れが失礼いたしました。お怪我はありませんか」

歩が首を縮めて謝罪を繰り返すのを、肩を抱き寄せながら阻んだ。

一歩足を踏み出し、歩と女性の間に割って入る。

「えっ……」

女性と一緒に、その連れの男性も、俺を見上げた。

「デカッ……」

「嘘、超イケメン……」

ふたりの反応に構わず、顎を引いて彼らを見下ろす。

「大丈夫のようですね。仰る通り混んでますから、気をつけましょう。……お互いに」

ねっとりと皮肉を交え、わずかに口角を上げて微笑み、

「行こう」

彼女の肩を抱いたまま、歩くよう促した。

「は、はい……」

歩は、ただでさえ小柄な身体を、さらに小さく縮こめていたけれど。

「私のせいで、すみません……」

真っ赤な顔で、声を消え入らせた。

「まったくだ」

俺は、ハッと浅い息で返す。

「水族館くらい、来たことあるだろう。浮かれすぎだ」

目線で咎めると、彼女は「だって」と眉をハの字に下げて口答えした。

「デート、初めてだから……」

バチッと目が合うと、俺から逃げるように、そそくさと顔を背ける。

「とにかく」

俺は、ガシガシと頭を掻いた。

「全部制覇は無理だ。今日観られなかった分は、次に来た時にしろ」

そう言いながら、彼女から腕を離す。

「行くぞ。……って」

またしても立ち止まる彼女に、眉根を寄せる。

「今度は、なんだ」

「あ。ごめんなさい」

歩は目を横に流して、ポリッとこめかみを掻いた。

「次、も、あるのかなあ～……って」

聞き取りにくい小さな声で、ボソッと呟く。

「東京で暮らすんだろ。次は、朝から晩まで付き合ってくれる男に連れてきてもらえ」

溜め息混じりに答える俺に、彼女はパチパチと瞬きをした。

「……おい？」

「い、いえっ！」

一瞬下がりかけた肩を力ませて、シャキッと背筋を伸ばす。

「……はい」

目を伏せ、再び隣に並ぶ彼女を一瞥して、

「最初は、どこだ？」

俺は館内に向かって歩き出した。


歩はこの〝デート〟に、俺は渋々付き合っていると言ったが、実際のところ、そういうわけでもない。館内の水槽を鑑賞して回るうちに、どこか開き直ったように、いつもの調子ではしゃぎ出した彼女は、呆れ半分ながら見ていて面白かった。

午前中にアシカショーを観て、次のイルカショーの前に昼食をと、フードコートに入った。

なににしようかと、幾つものブースを物色していた時、俺のスマホに着信があった。

「ん？」

スラックスのポケットから取り出したのは、仕事用のスマホだ。

モニターを見た俺が、眉間に皺を刻むのに気付いたのか、

「あ。お仕事、ですか？」

歩が、気遣うように訊ねてきた。

「ああ……」

俺は、辺りにサッと視線を走らせた。

ここなら、ほんの少し、彼女をひとりにしても心配ないと判断する。

「出てくる。お前と同じもの、買っておいてくれ」

返事は待たずに、人気の少ない場所に移動して、着信に応じた。

「瀬名だ」

無意識に声を潜めながら、ラーメンのカウンターに並ぶ彼女を目で追う。

『瀬名さん、朝峰です。休暇中に、すみません』

予想通りの相手に、見えないとわかっていて何度か頷く。

「構わん。なんだ」

『構わん、ですか。今日は、ペットのお散歩では？』

茶化すような返事が耳に届き、ピクッと眉尻を上げる。

――昨夜。

今日の休暇を、そう説明していた。

朝峰以外の部下は、『は？』とポカンとしていたが、彼だけは訳知り顔で、『ごゆっくり』とニヤニヤした。

『瀬名さんの子猫ちゃん、ご一緒ですか？』

「……目が届くところにいる。用件はなんだ」

溜め息混じりに答えると、わずかにくぐもった笑い声が聞こえた。

そして。

『例の男。割れました』

一瞬前とは一転して、キビキビとした報告に、俺は条件反射でハッと息をのんだ。

「……売買組織の人間か？」

騒がしいフードコートに背を向け、短く問う。

『はい。今、データ送信しました。確認してください』

返事を聞いて、スマホを耳から離し、指先で操作する。モニターに映し出されたのは、不鮮明な画像だったが、大島が取引をしようとしていた、東京駅の写真だとわかる。ご丁寧に、丸い円で示された人物が、確かに例の男と酷似している。

ゴクッと唾を飲んだ気配が伝わったのか、朝峰が『瀬名さん』と呼びかけてくる。

「ああ。確認した」

俺は、再びスマホを耳に当てた。

肩越しに、歩を捜す。

彼女は、カウンターでラーメンを受け取ったところだった。

『作倉義一《さくらよしかず》、二十五歳。子猫ちゃんを尾け狙っていたのは、自分を見られたことを自覚しているため。恐らく、口封じが目的です』

「……だろうな」

俺は、彼女から目を離さずに、相槌を打った。

朝峰に言われずとも、その状況は俺の脳裏でリアルに再現できた。

歩が大島に近付いたあの時、この作倉なる男は、近くにいた。自分も目撃されていると考え、歩の口封じに出るほど近くに。

大島が逮捕されて、自分にも捜査の手が回ることを恐れたのだろう。組織から命じられてのことか、それとも保身目的か。

どちらにしろ、身勝手でくだらない理由で、彼女を怖がらせた――。

『瀬名さん。子猫ちゃんに確認させてもらえませんか。瀬名さんが撮影した動画の男を、あの時東京駅で見ていないか』

朝峰がそう言うのは当然の流れだが、俺は「いや」と躊躇した。

「歩は、あの男に見覚えがない様子だった。東京駅で作倉の近くに行っていたとしても、はっきり記憶していな……」

小声で返す途中で、俺はハッと息をのんだ。

歩はカウンターから離れ、空席を見つけて歩いていった。

無事、トレーをテーブルに置いた彼女に、ふたりの男が近付いていく。

そのうちのひとりが、その肩に手をかけた。

「っ……朝峰、本人に確認して、折り返す！」

『え、瀬名さ……』

返事の途中で、電話を切った。スマホをポケットに捻じ込みながら、猛然と走り出す。歩は驚いた顔で、男を見上げている。

もうひとりの男が彼女の腕を引くのを見て、一瞬目の前が真っ白になり、頭に血が上った。

「触るな」

ほんの数秒で辿り着き、歩の肩に置かれた男の手を掴んだ。

「っ、え？」

男がギョッとした様子で、振り返る。

「じゅ、純平さん！」

歩が俺に気付き、焦った顔で俺を呼んだ。

その腕に手をかけていた男も、弾かれたように手を放す。

しかし、それに構わず、

「俺の連れに、なんの用だ」

俺は、掴んだ腕を、男の背中でギリギリと捩《ね》じ上げた。男は「ぐうっ」と呻き……。

「お、俺たちは、ひとりなら一緒に食事しようって、誘っただけで……！」

悲鳴のような声をあげた。

「……は？」

眉根を寄せる俺に、彼女もブンブンと首を縦に振る。

「本当です。それで、ちゃんとお断りする前に、純平さんが」

おどおどと説明され、気が抜けた。腕の力がふっと緩んだ隙を逃さず、男たちは脱《だっ》兎《と》の如く逃げていった。

状況を把握しようと、俺はふたりの背を目で追った。

「ええと……ナンパ、っていうんでしょうか……？」

歩が困ったように……いや、控えめながら誇らしげに言うのを聞いて、俺の頭の中で、なにかの神経がブチッと音を立てて切れた。

＊＊＊

入浴を終えてリビングに戻ると、純平さんは、窓辺に立って電話をしていた。大きな窓から、東京の夜景を見下ろす横顔は厳しい。冷淡で威圧的な口調からも、電話の相手は部下だと察せられる。会話に集中しているのか、私に気付かない彼を、私は頭から被ったタオルで口元を覆って見つめた。

お昼ご飯を食べた後――。

純平さんは、わかりやすく口数が減った。

ダイナミックなイルカショーにも眉ひとつ動かさず、幻想的なクラゲの水槽にも目を輝かせることはなかった。

朝からずっと、なにか別のことに意識を働かせているのはわかっていたけど、より一層心ここに在らずといった様子。

なにか気にかかることがあって楽しめないみたいだから、あまり長いこと付き合ってもらうのも気が引けて、夕暮れ時には水族館を出た。

コンビニや本屋に寄りたいと言い出せる空気はなかった。駅前のお弁当屋さんで夕食を買ってマンションに帰ってくると、純平さんは食事も後回しで、さっさと自分の書斎に入ってしまった。

電話をかけていたようで、すぐに中から微かな声が聞こえてきた。

それからほんの数時間で、また電話をしている。

なにか、事件の捜査で動きがあったのかな。

そうか。こんな時に、私と水族館にいる場合じゃなかったのかもしれない。

でも――。

私は、すごく楽しかったんだけどな……。

寂しくやるせない気分になって、唇を噛んだ。

今日一日のことを思い返すだけで、胸がきゅんとする。

浮かれすぎて、人とぶつかってしまった時、スマートに庇《かば》ってくれた。

私に声をかけてきた男性たちのことは、きっと、例の事件に関係する人だと思ったのだろう。男性の腕を捩じ上げた冷酷な顔はちょっと怖かったけど……走ってきて、守ろうとしてくれた。

今まで知らずにいた恋のときめきで胸が高鳴り、一緒にいられるだけで嬉しかった。

……なのに。

『次は、朝から晩まで付き合ってくれる男に、連れてきてもらえ』

さらりと言われた瞬間、胸にグサッと刺さった言葉が、改めてズンと圧しかかる。

偽装花嫁になって一緒に過ごして、ちょうどひと月。

その短い間で、私は純平さんに恋をしてしまった。でも彼の方は、私のこと、これっぽっちも好きじゃないのかな。

こうしてそばにいられるのは、ほんの束の間。

来月、いや、もしかしたら来週にも、この偽装結婚は終わるかもしれない。

そうなったら、純平さんとの縁も途絶えてしまう――。

考えただけで胸がきゅうっと締めつけられ、ズキッとした痛みをもたらす。

「っ……」

とっさに胸元を手で押さえた時、ふと、純平さんがこちらに顔を向けた。

意図せず視線がぶつかると、私からサッと目を逸らし、

「ご苦労。あとは、明日聞く」

短く言って、電話を切った。

「す、すみません。お邪魔してしまって……」

私に聞かれないよう、誤魔化した様子だったから、ドア口で立ち尽くしたまま、肩を縮めて謝った。

「いや。構わない」

純平さんはソファに歩いていって、勢いよく腰を下ろした。深く背を預けて、天井

を仰ぐ。

横顔が険しいのは、疲れているからか、なにか気になることがあるからか……。私は判断できず、ちょっと怯みながら彼に近寄った。

「あの……お仕事、なにかあったんですか？」

遠慮がちに訊ねると、彼が私をチラリと一瞥する。

「お前さ……」

「はい」

「……いや、なんでもない」

純平さんは、呼びかけておいて、わずかな間逡巡して、結局かぶりを振った。

言いかけてやめるなんて、彼らしくない。だけど、一度のみ込んだことを口にする気はないらしく、薄い唇を結んだままで、なんとなく重い沈黙がよぎる。

せっかく一緒にいられるのに、こんな空気は嫌だ。

なにか私にできること……と、頭を働かせて——。

「純平さん」

私は両腕を伸ばして、彼の頭を胸に抱きしめた。

「っ、え？」

純平さんは警戒するみたいに、瞬時に身を固くして、

「おい。なんの真似《まね》だ？」

私の胸元から、探るように問いかけてきた。

「疲れちゃったかなあ、って」

「あの程度で疲れはしない。警察の体力を舐めるな」

「う。で、でも、純平さん、こうすると『癒される』って言ってたから」

私がモゴモゴと弁解すると、小さく息をのんだ気配がした。

「あれ。覚えてませんか？」

肯定も否定もしてくれないけど、なにか間違えた感が漂う。

「純平さん、上司に苦手な日本酒勧められて、酔っ払って帰ってきて、それで……」

――そう。あの時の純平さんは相当酔っ払っていた。

もしかして、覚えてないんじゃなくて、酔っ払いの戯言でしかなかった、とか？

それなら、とんでもなく恥ずかしい……！

「……！　す、すみません」

私は慌てて、パッと腕を離した。

ところが。

「それで？　誘ってるのか？　いっちょ前に」

「ひゃっ……」

　純平さんが、私の胸に顔を擦りつけてきた。

「あ、あああのっ！　純平さ」

「悪いな、受け身は嫌いだ。誘惑に乗って、女を抱いたことはない。手を出すのは、俺の気が向いた時。つまり」

　彼は、意味深に言葉を切って、ゆっくり顔を上げた。

　私と目が合うと、ニヤリと狡猾な笑みを浮かべる。

「すべて俺の意志でやる。何事においても、やられるよりやる主義だ」

「！」

「お前、求められるのが嬉しいと言ったな。だったら、下手な小細工してないで、俺がその気になるのを、身体疼かせて待ってろ」

　彼の黒い瞳が、確かな嗜虐心で妖しく揺らめく。

　寒気にも似た戦慄で、背筋がゾクッとした次の瞬間――。

「……と、言いたいところだが」

「きゃっ⁉」

いったい、どんな早業を使われたのか、私はソファに押し倒され、彼を下から見上げていた。

私が知っている中で、この角度の純平さんが、一番艶っぽくて大人の色気が漂う。匂い立つ男の色香に当てられて、私の心臓がドクドクと激しく拍動を始めた。

「気が向いた。抱いてやる。せいぜい悦べ」

「⁉」

どうしていきなりスイッチが入ったのか、私の理解が追いつかない。

「純平さ、ダメです、明日もお仕事なのに……！」

「お前、俺の体力バカにしてるのか」

早速圧しかかってくる純平さんを止めようと、必死に両手で胸を押すけど、ビクともしない。

ああ、どうして。

誘惑なんてとんでもない。

私は、少しでも彼を癒せたらって、そう思っただけなのに……！

——だけど。

「じゅん……純平さん、楽しいですか」

抵抗を諦めて顎を引き、パジャマのボタンにかけられた彼の指を見つめる。

すると、私の視界の真ん中で、その指がピタッと止まった。

「……え？」

訝しそうに聞き返されて、純平さんをそっと見上げる。

「純平さん、私にエッチなことする時、名前で呼ぶだけじゃなくて、すごく楽しそうだから……」

だから、ほんの少しくらい、私のこと好きでいてくれないかな。

そんな密かな期待から、口をついて出た言葉だったけれど。

純平さんは無言で、たっぷり一拍分、固まったように動かなかった。

「？　純平さん……？」

怪訝になって呼びかけると、「ふん」と鼻を鳴らされた。

「セックスは面倒だが、気持ちがいいからやる。俺にとって、それだけの行為だ」

「っ……」

つまり、やっぱり純平さんは、快楽のためだけに私を抱いているということ……。

しゅんとして目を逸らし、無意識に唇を噛んだ。

「……だが」

わずかな間の後、彼が逆接で続けたから、そっと目線を戻す。

「お前に何度もその気になれるのは、楽しめる要素があるからだろうな」

「え……」

わりと素直に肯定してくれたから、ドキッと胸が弾んだ。

「少なくとも、お前の胸はわりと好みだ。見た目からは想像できない意外なボリュームがあって、触り心地もいいし……」

「それも、酔っ払った時、言ってました。『けしからん乳』って」

「……言ったのか。俺」

純平さんは珍しくきまり悪そうに眉根を寄せ、小さくチッと舌打ちをする。

やっぱり覚えてなかったみたいだけど、無意識下で口走るからには、本心だというのがわかる。身体の一部に対しての賛辞とはいえ、彼から『好み』という言葉を引き出せたのがとても嬉しくて、

「ふふ。ふふふっ」

私は、襲われかけているこの状況で、クスクスと笑い出してしまった。

だけど、純平さんは、それが面白くなかったようで。

「……お前、なに笑ってやがる。随分と余裕だな」

「っ、え?」

地の底を這うような低い声で言われ、ギクッとして笑いを引っ込める。

「俺に抱かれて余裕綽々の女じゃ、いたぶり甲斐《がい》がない。これからは、少々荒っぽくいっていいんだな?」

いたぶるって、認めた。

『これからは』って。いつも、荒波にのまれる感覚でいるのに。

わざとらしく『少々』を強調したドS発言に、私はサーッと青ざめた。

「ち、違います! 余裕なんかないです、むしろ、もっと手加減してほし……」

「下手な遠慮はするな。素晴らしく気分がいいから、今夜はいつも以上に愛でてやる」

「きゃ、きゃあああ〜っ!」

『いつも以上に愛でてやる』と言って退けた純平さんは、いつも以上に楽しそうで――。

彼は、ただのドSじゃない。

真正のドSだと、私は認識を改めた。

泣かされる

目を覚まして一番に視界に映ったのは、純平さんの寝室のお洒落なファンライトだった。

昨夜、いつ寝室に移動したっけ……覚えていない。

裸の肌に、サラッとしたシーツが心地いい。

今、広いキングサイズのベッドには私ひとりだけど、シーツの左側に、ほんのりと温もりが残っている。どのくらいか前までは、純平さんがそこに眠っていた証拠だ。

消えてしまわないように追い求めたくなるけど、いくら休日だからって、いつまでも惰眠を貪っているわけにはいかない。明日から、また仕事が始まるし……。

私はシーツの温もりを名残惜しく思いながら、モゾッと上体を起こした。

ベッドの上で三角座りをして、膝に頬を預ける。サイドテーブルの時計は、午前十時を示していた。

純平さんは、仕事に行ってしまったかな。

置き去りにされた寂しさが、ほんのちょっと胸をよぎる。

「純平さん……」

掠れた声で名前を呟くだけで、胸もお腹の奥の方も、きゅんと疼いた。

昨夜――純平さんが好きだと自覚してから初めて、彼に抱かれた。

好きな人から情熱的に求めてもらえるって、なににも代えがたい幸せだと、知ることができた。純平さんが私を乱し、満足そうな顔をするのが嬉しくて、求められたい一心で、もっともっとと欲しがった。

自分の甘ったるい声が鼓膜に焼きついていて、頭の中で反響している。

――いや。いやいやいや……！

朝になって冷静に戻ってみると、顔から火が噴くほど恥ずかしい……‼

「わ、私、純平さんに似て、エッチになっちゃったのかな……」

頭のてっぺんからシューッと蒸気が上るくらい、頬が熱い。

私は、お腹の底から、「はーっ」と深い息を吐き出した。

求められて差し出して、潤い満たされる――。

事後の身体に残った、言い様のない気怠さにも、喜びを覚える。でも、多幸感と言うには、なにかが足りない。

それがなにかは、ちゃんと自分でもわかっている。

純平さんに抱かれるのが嬉しくて幸せなのは、恋をしている私だけ。

彼の方は、私に好意があるわけじゃなく、初めての時も昨夜も求めるものは、そこから得られる愉楽、悦楽、快楽だ。

純平さんが私のことを好きで触れてくれたら、どれほどの幸福に浸れるだろう……。

切なくなって、私はきゅっと唇を噛んだ。膝を抱える腕に力を込めて、顔を伏せる。

保護してもらっている現状で、多くを望んで我儘《わがまま》になってはいけない。

でも、あの男の人の件が片付いて、偽装結婚生活を解消する時が来たら、『これからは偽装じゃない、本物の恋人にしてもらえませんか』ってお願いできないかな。

彼に、私自身を『好き』って言ってもらいたい——。

恋って、幸せなのと同時にすごく苦しいものなのだと、初めて知った。

胸がきゅっと締めつけられ、もう一度深い溜め息をついた時。

「おい。部屋にいるのか?」

トントンと階段を上る足音に紛れて純平さんの声がして、私はギョッとしてベッドから飛び降りた。

「っ、え?」

仕事に行ったものとばかり思っていたけど、まだ家の中にいただなんて。

「おい……」

「し、寝室です！　すぐ行きます」

声はすぐドアの向こうから聞こえる。服を身に着ける余裕もない。

とりあえず顔だけ出して朝の挨拶をしようと、その場しのぎに肌掛け布団を胸に抱きしめ、ドアに駆け寄る。

「おはようございます、純平さ……」

勢いよくドアを開けると、完璧なスリーピースでビシッと決めた純平さんが、廊下に立っていた。

「なっ……」

彼は私と向かい合って、大きく目を瞠って絶句した。

だけど私は。

「ええ～と。こほん」

彼の隣でわざとらしく咳払《せきばら》いをする、見知らぬ男の人に釘付けになる。

「初めまして、瀬名さんの愛玩子猫ちゃん」

純平さんと同じくらい立派なスーツ姿のその人が、小首を傾げて声をかけてきた。

「子猫……？」

「いやはや。なかなか魅惑的なお出迎えですね」

「バカ、見るな」

なにが起きているのか理解できない私を、男の人から隠すみたいに、純平さんが目の前に立ち塞がる。そして、私を肩越しに見下ろし……。

「おい。早く中に戻って、服着ろ」

「え……」

恐ろしく低い声で言われて、私はハッと我に返った。

純平さんだけじゃなく、知らない男の人もいる前で、私は……。

素っ裸で薄い肌掛け布団を胸に当てただけの、しどけない姿を晒してしまったことに気付き、マンションが揺れるほど絶叫した。

「きゃ、きゃあああ‼」


それから十分後――。

「では、改めまして。私、警視庁捜査一課、瀬名班の警視、朝峰と申します」

あたふたと三人分のコーヒーを淹れて、リビングのソファに座った私に、男性が向かい側から名刺を差し出し、自己紹介してくれた。

「ご、ご丁寧にありがとうございます。菅野歩です」

私は緊張でガチガチになって、肩を強張らせて名刺を受け取った。

純平さんは朝峰さんの隣で、苦虫を噛み潰したような顔をして、足を組んで踏ん反り返っている。

純平さんの部下を、あんなはしたない格好で出迎えてしまい、彼にも恥を掻かせてしまった――。

ものすごく怒っているのが、手に取るようにわかる。

「えっと……申し訳ありませんでした。とんだお目汚しを……」

真っ赤な顔で変な汗を掻きながら、声を消え入らせると、「いえいえ」と、軽い調子で返された。

「瀬名さんが何故突然、警視庁でゴムボールなんぞ握り出したのか、よ～くわかりました」

「ゴムボール？」

「握力強化なんて言ってますが、手つきがなんとも卑猥で、どう見ても……」

にっこりと笑った彼が、なにを言わんとしたかわからず、私は首を傾げた。

すかさず、純平さんが、彼に鉄拳をお見舞いする。

「いてっ」

「余計なことを言うな。いいから、さっさと用件を済ませろ」

拳を握ったまま腕組みをして、凍りつきそうな冷たい瞳で睨みつけた。だけど、朝峰さんは肩を揺らして、笑いを噛み殺している。

「あ、あの？」

ふたりに交互に目を向けて探る私に、「お気になさらず」とうそぶいた。

「休日の朝っぱらからお訪ねして、申し訳ありません。確認していただきたいものがあり、参りました」

一瞬前までの緩い空気を瞬時に引き締め、姿勢を正して切り出されて、私も自然と背筋が伸びる。

「私たち瀬名班が、現在なんの事件を捜査しているか……それは、菅野さんもご存じですよね？」

チラリと探る視線に、私は頷いて応えた。

「は、はい。私、東京駅で、じゅん……瀬名さんの部下の刑事さんに、任意同行を求められて」

『職場の同僚にまで、偽装結婚を吹聴して回る必要はない』と言われたのを思い出し、とっさに呼び方を変えた。

朝峰さんは気に留めた様子はなく、何度か相槌を打つ。

「その後、あなたは男に尾け狙われるようになり、瀬名さんに保護された。間違いありませんね？」

素直に頷いていいものか判断に困り、答えを求めて純平さんに視線を流した。

彼は言葉を挟むでもなく、口元に手を遣って、なにか思案している。

「は……い」

結局私は、ためらいながら肯定した。朝峰さんが、口元に薄い笑みを浮かべる。

「あなたがここにいる経緯、私は瀬名さん本人から聞いてますから、ご心配なく」

「あ、そう、なんですか」

ということは、彼は純平さんからの信頼が厚いのだろう。年齢も近いようだし、それで警視という階級なら、この人もキャリア組と呼ばれるエリートなのかもしれない。

「話を戻します。菅野さんが、うちの新海から任意同行をかけられることになった原因……大島照子が逮捕起訴されたことは、ご存じですか？」

真っ向からズバリ聞かれて、私は一度首を縦に振って応えた。

「それでは……あなたを尾けていた男の身元が割れたことは？」

「っ、えっ……？」

初めて聞く事実に目を瞬かせ、無意識に純平さんを見つめる。

「まだ身元が判明しただけだ。組織との繋がりについて、確証には至っていない。もちろん報道もされていない」

私が訊ねなくても、彼は先回りして説明してくれた。

「人物照合は、私が命じられて進めていました。マエがないので時間がかかり、特定に至ったのはつい昨日です」

朝峰さんが、続けて補足する。

「あ。それじゃあ、昨日、瀬名さんと何度も電話してたのって」

「ああ、ええ。せっかくの〝お散歩〟を邪魔してしまい、すみませ……」

「同じことを何度も言わせるな、朝峰」

純平さんが彼を遮り、凛《りん》と声を張った。やけにゆっくりと、長い足を組み替え……。

「余計なことは言うな。次は、それ相応の制裁をする」

「っ」

冷酷な警察官僚の顔を見せる純平さんに、思わずゾクリとした。

昨日、私をナンパした男性に凄んだ彼も怖かったけど、部下に対しても容赦ない。

私は縮み上がったけど、朝峰さんは慣れたものだ。意味ありげに目を細めただけで、「はい」と短く承諾を告げる。

純平さんは、「ふう」と声に出して息をついた。そして、私に目線を動かす。

「朝峰はお前に、男の人相の確認を取りたいと言っている」

「え。人相……ですか」

私はその言葉を反芻しながら、朝峰さんの方を向いた。

彼は、「ええ」と笑みを浮かべる。

「でも、あの男の人なら、むしろ瀬名さんの方がしっかり……」

「尾け狙っていた男の方は、瀬名さんが確認してくれたので十分です。菅野さんには、例のあの日、東京駅を撮影した画像を見ていただきたい」

「!? 私、東京駅で、あの男の人を見ているかもしれないんですか?」

説明してくれた朝峰さんに、腰を浮かせて問い返す。

彼は私をジッと見据えて、無言で一度、頷いてくれた。

「っ……」

ひとり暮らしを始めて一週間経った頃、尾けられていると気付いたけれど、もしかしたら、もっと前からだったのかもしれない。

改めて、自分が犯罪に巻き込まれている実感を強めた。

今さらの恐怖が足元から一気に昇り詰めてきて、頭にまでゾワッと鳥肌が立つ。

脱力気味にストンとソファに腰を戻し、いやがおうでも湧き上がる震えを抑えようと、自分で自分を抱きしめた。

朝峰さんは、私が落ち着くのを待って、少しの間口を噤んでいたけれど。

「男と組織の繋がりを証明できれば、身柄を拘束して聴取することも可能です。つまり、菅野さんの身の安全に直結する。ご協力、願えますか？」

丁寧に、私の意志を確認してくる。

私は、ゴクッと唾を飲んだ。肩を動かして息をして、なんとか自分を落ち着かせる。

「……はい。大丈夫です」

気を取り直し、竦みそうになる自分を叱咤して、彼に視線を返した。

「助かります。ご協力、感謝します」

朝峰さんはスッと立ち上がると、タブレット端末を手に、私の隣に移動してきた。

「では、こちらをよく見てください」

目の前に差し出されたタブレットに、身を乗り出して目を凝らす。

純平さんは唇を結んで、私たちをジッと見つめていたけれど、スマホに着信があって、ポケットから取り出した。

「……ちょっと、失礼」

サッとソファから立ち上がり、短く断って、リビングから出ていってしまった。

私は彼の広い背中を目で追って……。

「菅野さん？」

「あ。すみません」

朝峰さんに呼ばれて、タブレットに視線を戻す。

「男の人が捕まれば、私はもう安全なんですよね。普通の生活を取り戻せる……」

それで、純平さんとの偽装結婚を終わらせて、本当の恋人に――。

「頑張ります」

タブレットの画像に集中しようと、胸を動かして深呼吸をした。

＊＊＊

歩への確認を終えて、俺と朝峰は車でマンションを後にした。

運転席の朝峰は、うっすらと笑みを浮かべている。随分と、機嫌がいい。

しかし、俺は真逆に苦々しい気分で、助手席の窓から外を見遣っていた。

「可愛いですね。瀬名さんの子猫ちゃん」

大通りに出て、信号待ちで停車すると、彼が歌うような調子で言った。

「……お前な」

俺は窓枠に肘をのせ、頬杖をついた格好で、ジロッと視線を返す。

「それを本人の前で言うな」

「マズかったですか？　……ああ、子猫ちゃんには、ペット扱いを隠していたとか」

『そもそも、ペット扱いなどしていない』と反論しかけて、俺は結局口を噤んだ。

――果たして、そう言い切れるか？

自分に問いかけてみると、胸を張れない。渋く顔を歪めて黙っていると、前方の信号が青に変わった。朝峰が、わりと丁寧にアクセルを踏む。

「菅野さんに会わせていただき、ありがとうございました」

仕事口調に戻り、まっすぐ前を向いてハンドルを操作する彼に、俺は横目を向けた。

「……彼女、東京駅で作倉を見ていたか？」

朝峰が歩に画像の確認をさせる間、俺は検察庁からの電話に対応していた。

そのため、彼女が証言中どんな様子だったか、見ていない。

「瀬名さんは、彼女ははっきり覚えていないだろうと仰いましたが、なんと！　大島の近くに作倉らしき風貌の男がいたこと、記憶してましたよ」

「え……？」

「電車の乗り換え方法を訊ねようとして、最初に目に留まったのが、その男だったようです。でも、そのそばにいた大島に気付き、女性の方が声をかけやすい、と」

「……そうか」

　ちょっと意外な気分で、俺は顎を撫でた。

「ただ、容貌はうろ覚えでした。顔を伏せ、ずっとスマホを操作していたとか。興味を持って観察したわけでもないし、はっきり記憶に残らなくて当然です」

　朝峰は、俺を視界の端で窺っている。

「まあ、そうだな」

　俺は、ネクタイを緩めて軽く上を向き、「ふう」と息を吐いた。

「監視カメラの映像を提出させて、徹底的に洗ってみます。彼女を尾けた男と照合可能な、はっきり顔立ちがわかるデータが見つかるかもしれない」

　朝峰はわかりやすく声を弾ませて、ふっと口角を上げた。

「……らしくないですよ、瀬名さん。何故、彼女に確認してもらうのを、渋ったんですか。怖がらせたくないとか、考えたわけでもないでしょう」

咎めるような口調で探られ、無言で前を見据えた。

——朝峰の言う通り。

彼は昨日から何度も、歩に会って確認したいと言った。しかし俺は消極的で、『彼女がはっきり覚えているはずがない』と濁していた。

もちろん、歩を怖がらせたくないだなどと、温いことは考えていない。

俺自身、何故と問われて、渋った理由が見つからない。事件の解決が最優先なのに、朝峰が不審に思うのも当然だ。

上手い説明が思いつかず黙ったせいで、車内に沈黙が漂う。

朝峰が痺れを切らし、「まあ、でも」と切り出した。

「菅野さん、一生懸命記憶を掘り起こそうとしてくれましたよ。男の身元がわかれば『普通の生活を取り戻せる』って、タブレットに目を凝らして」

肩を揺らし、くっくっと声を漏らす。

「それに、瀬名さんが愛玩するだけのことはある。純朴で可愛いし、そのわりにいい身体つきで……」

「おい、即刻記憶から抹消しろ」

彼の言葉に導かれ、着いて早々、俺たちの前に出てきた歩の姿を思い出す。

なんだって、あんな無防備に……。

俺は、忌々しい気分で舌打ちをした。

……いや、責められないか。

家にいるのはわかっていたし、あの時間なら起きていると思い込んで、連絡をしなかったのは俺だ。歩は、俺が部下を連れていて、家で俺以外の男と面を合わせるなんて、思いもしなかっただろう。

——しかし。

朝峰の小気味よい笑い声が耳障りだ。不快に神経を逆撫でする。

「いいじゃないですか。瀬名さんにとっては、ただのペットなんですし。……ああ、いや。〝愛玩〟って字面からして、おもちゃの方が近いですかね」

揶揄する言い方に心がささくれ立ち、俺は眉根を寄せた。

朝峰は、俺を横目で見遣り、

「俺もペット飼おうかなー。料理ができる、可愛い子猫」

いつかの俺の揚げ足を取って、白々しく声を間延びさせる。

「でも、そんな都合よく見つからないか。……あ。いっそのこと、菅野さん、うちで保護しましょうか?」

俺は、じろりと彼を睨んだ。しかし朝峰は堪えた様子もなく、ふっと吐息を零す。

「せっかくのGW、あのだだっ広い家にほとんど軟禁状態じゃあ、彼女も可哀想です。瀬名さんだって、疫病神から解放されて、せいせいするでしょう?」

「…………」

「俺、瀬名さんに手籠にされた子猫でも、細かいことは気にしませんから」

「下衆が」

「どっちが、ですか」

俺の嫌みもむしろ満足げに、眉尻を上げた。

「冗談はさておき。彼女も退屈だろうし、俺に時間がある時は、食事とか買い物とか連れ出してあげていいですか。もちろん、護衛もしますんで」

「……勝手にしろ」

普段だったら、これだけ言われて黙ってはいない。俺は歩を保護したのであり、軟禁とは酷い言い草だ。朝峰の彼女に対する興味は九十九パーセント下心で、俺は上官として、彼を厳しく叱責しなければならない。

しかし。

俺が自分の名誉とキャリアのためだけに、彼女に不自由な生活を強いているという見方も間違いではない。

『普通の生活を取り戻せる』

俺には言わず、朝峰に吐露したそれが、彼女の切実な願いなのは承知している。

それに……彼の言うことは八割方真実だ。

俺は、どうしようもなく嗜虐心をくすぐる彼女を、偽装妻と称してペットのように……いや、おもちゃにして愛玩している。それなら、たとえ大半が下心でも、歩自身に興味を抱く朝峰の方が、よほど健全だろう。

頭ではそう納得しているのに、どうにも気が収まらない――。

俺は、口を手で覆ってそっぽを向いた。

＊＊＊

ＧＷが終わり二日経った退勤時――。

「あ、あれ？」

私は帰宅しようとして、エントランスに朝峰さんを見つけて立ち止まった。

彼の方も私に気付いて、『あ』という形に口を動かし、弾むような足取りで駆け寄ってくる。

「お疲れ様、菅野さん」

「お疲れ様です。……あの、今日はどうしたんですか?」

純平さんの部下である彼が、私に協力を求めて訪ねてきたのは、つい一昨日のこと。

それからまたすぐ会うとは、思ってもいなかった。

「もしかして、捜査になにか進展が……」

目の前まで来て足を止めた彼に、辺りを気にしながら声を潜める。

「いや、残念ながら、そうじゃない。これは半分仕事、半分息抜き……と言うか」

「は？」

朝峰さんがなにを言いたいのかわからず、首を傾げた私を、彼は肩を竦めてクスッと笑い……。

「瀬名さんから聞いてない？　事情を知る部下として、俺も君の護衛に協力させてもらうって」

「え？　あ」

一昨日の夜――。

仕事から帰ってきた純平さんが、そんなようなことを私に告げた。

『お前が少しでも外出できるよう、朝峰が協力を申し出てくれた。曲がりなりにも刑事だし、朝峰と一緒に、コンビニでも本屋でも自由に行け』

純平さんからも信頼の厚い刑事さん。外出の機会が増えるのは、とってもありがたいけど……。

「でも、迷惑になるんじゃ」

恐縮して、遠慮しようとしたのに、朝峰さんはいきなり私の手をグイと引いた。

「俺から言ったんだし、遠慮しないで。今日は二時間くらい大丈夫。どこか行きたいところある？」

「え？　あのっ……」

肩越しに振り返られ、彼の視線を導くように、掴まれた手に目を落とす。

「？　ああ、ごめん」

朝峰さんも察してくれたのか、わりとすんなりと手を離してくれた。

ホッとして、勢いよく手を引っ込める私に、面白そうに目を細める。

「どこでも言ってくれていいよ。あ、夕飯、まだでしょ。一緒に行こうか」

「！　い、いいえ。あの……」

言うが早いか、先に立って歩く彼に、慌てて小走りでついていく。

ビルを出ると、いつもの場所に袴田さんの車が停まっていなかった。

「袴田さん、今日は来ないよ」

「っ、え？」

朝峰さんは、まっすぐ前を向いたまま。顔も見ずに思考を見透かされ、私は怯んだ。

「帰りは俺が送るからって、キャンセルしてもらった。瀬名さんも了承済みってこと」

そう言われて、純平さんと同じくらい背が高い彼を見上げた。

朝峰さんは回れ右をして、私にまっすぐ向き直る。

「それでも、まだ気になる？　それじゃあ……」

わずかに思案する間を置き、

「ギブアンドテイクっていうのはどう？」

「え？」

「菅野さんには、俺に協力してもらう」

そう言って、ニコッと笑う。

「協力……ですか。私が」

戸惑って言われたことを反芻する私に、「そう」と相槌を打った。

「これから一緒に、東京駅の新幹線改札に行こう」

「東京駅」

「作倉……あのストーカー男を逮捕して、少しでも早く、君の安全で平和な生活を取り戻すために」

そう言われたら、断れない。私は、おずおずと彼を見つめ返した。

ギブアンドテイクというのが、私を護衛するために付け加えただけなのはわかる。どうしてそこまでしてくれるのか、彼の真意は謎だけど……。

この間私が、ＧＷは一日しか出かけていないと話したから、気遣ってくれたのかな。

朝峰さんを優しい人だと思うと同時に、私は純平さんの顔を脳裏に浮かべた。

もしかして……純平さんも、私を気にしてくれた、とか？　忙しくて、自分だけじゃ私を外に連れていけないから、朝峰さんの申し出を受けて……。

純平さんのわかりにくい優しさに、私の胸はきゅんと疼いた。

彼も今日のことを了承しているなら、その通りにした方が心配をかけずに済む。

私は頭を切り替えて、決断した。

「わかりました」

私の返事を聞いて、朝峰さんはわかりやすく安堵した顔をする。

「決まり。じゃあ、先に東京駅に行こう。それから食事。協力へのお礼だから、どこでも好きなところを……」

「私、コンビニに行きたいです」

「は？　コンビニ？」

朝峰さんは、私がレストランの名前を口にすると思っていたんだろう。

「夕飯の前に、なにか要り用？」

不思議そうに首を傾げたものの、そう考えて納得したようで、ポンと手を打つ。

「いえ。それが希望です！」

私が胸を張って答えると、困惑顔で忙しなく瞬きをした。


その夜、純平さんは十一時過ぎに帰ってきた。

「……なんだ、これは」

「あ。お帰りなさい、純平さん！」

リビングの床にペタンと座り、写真撮影に熱中していた私は、怪訝そうな声を聞いて、弾かれたように顔を上げた。

純平さんは、ソファにバサッと上着を放り、ネクタイを緩めた。ローテーブルいっぱいに並んだコンビニスイーツやお菓子に、目を剥いている。

「ガレッジセールでも開くつもりか?」

「いえいえ。これ全部、仕事の参考にしようと思って、コンビニで買ってきたんです」

スマホを覗き、カメラのアングルを確認しながら、〝季節の苺《いちご》モンブラン〟を画像に収める。

「お菓子のアイデアだけじゃなくて、パッケージの写真とかネーミングなんかも。……あ。帰りに朝峰さんが来てくれて、一緒に行ったんです」

純平さんも了承済みと聞いたけれど、一応説明を加えた。

「聞きました。朝峰さんって、純平さんのご親戚なんですね」

彼はセロファンで包まれたチョコ大福を摘まんで、何度か頷いた。

「朝峰は飯に連れていくと言って、出たはずだが……」

「そう言ってくれたんですけど、それよりコンビニに行きたかったので」

「……不憫《ふびん》なヤツ」

純平さんが、口を手で隠してボソッと呟く。

「え?」

スマホを操作する手を止めて聞き返すと、「こっちの話」と誤魔化された。

「それより……こんなにどうするんだ。しかも、生菓子ばかり」

「今日のお礼に、朝峰さんにお裾分けしようとしたんですけど、ひとりじゃ食べきれないからって、ふたつしか貰ってくれなくて」

「それが当然だろ。お前がおかしい」

速攻で痛いところを突かれ、「う」と口ごもる。

「で、でも私は純平さんとふたりだし。純平さん、お好きなのどれでもどうぞ」

「結構。甘い物は嫌いだ」

純平さんは、取りつく島もなく、チョコ大福をころんとテーブルに転がした。

「そっか、残念……。じゃあ、明日会社に持っていって、同僚に分けます」

私は肩を落として、撮影を終えた物から、エコバッグの中に戻していった。

純平さんは床にドカッと胡座《あぐら》を掻き、テーブルに頬杖をつく。

「……浮かれてるな」

「え？」

「楽しかったか？　朝峰とコンビニ巡り」

「はい！　とっても」

私は彼の方を向いて、はにかんで答える。

「朝峰さん、甘い物に目がないそうですよ。むしろ私より詳しくて、それぞれのコンビニのお勧めとか教えてもらいました」

「…………」

「この一カ月行けなかったから。見たことないのとか新商品もいっぱいで、気付いたらこの有様に。朝峰さんも半分苦笑い気味で……」

「この爆買いは、GWに実家に帰りたいと言うのを、俺が我慢させた反動か」

抑揚なく挟まれた声が、なにか刺々しい。

私はギクッとして、スマホをテーブルに置いた。

「え、っと……。ごめんなさい。そういうつもりじゃ」

純平さんは、鋭く細めた目で、じっとりと私を見ている。

「だが、朝峰なら、俺よりは時間を融通できるはずだ」

ハッと浅い息を吐き、その場に立ち上がった。

「は……？」

目で追って喉を仰け反らせた私を、スラックスのポケットに片手を突っ込み、見下ろしてくる。

「アイツは刑事だ。俺よりは、現場に出る機会が多い。出かけたい時は、連絡したらいい。名刺貰っただろ？」

「そんな。朝峰さんだって、お仕事忙しいんですし」

私は、当惑して腰を上げた。

「作倉を逮捕するまでは、お前の護衛も業務と認める。朝峰には、そう言っておく」

「っ……純平さんっ」

私の言葉には耳を貸さず、自分の言いたいことだけ捲し立てる彼に、意図せず声が大きくなった。

純平さんも、一度口を噤んだけれど。

「いいじゃないか。お前も楽しめたんだろう？」

冷然とした表情はほんの少しも動かず、黒い瞳には不機嫌が滲み出ている。静かながら、確かな怒りが潜んでいる気がする。

私は無意識にパジャマの裾を引っ張って、怯んで後ずさりたくなるのを堪えた。

「ああ、そうだ」

純平さんが、なにか思い出したみたいに、白々しくポンと手を打つ。

「朝峰の提案は、もうひとつあった。お前、今後は、朝峰の家で保護してもらうか？」

「……え？」

なにを言われたのか理解が追いつかず、私は戸惑って聞き返した。

純平さんが、鷹揚に腕組みをする。

「ここにいるよりはよっぽど、普通の生活ができるぞ。お前、朝峰に、早く普通の生活に戻りたいって言ったんだろう？」

「っ、それは」

「俺には遠慮して言えなくても、朝峰には言いやすかったか？」

早口で畳みかけられ、グッと言葉に詰まる。

確かに、私は朝峰さんにそう言った。でもそれは、普通の生活に戻ったら、私がしたいこと……そこに関係のない第三者だからだ。

「言いやすい、っていうんじゃなくて」

純平さんの苛立ちが強まるのを感じて、弁解しようとした。

なのに。

「朝峰となら年も近いし、甘い物が好きだから話も合う。仕事の参考にもなるだろう。ここにいるより、メリットがあるんじゃないか？」

滔々《とうとう》と諭すように言われて、返す言葉を失った。

なにも言えずに俯く私を、純平さんは素っ気なく一瞥して……。

「朝峰のところなら、妻を装う必要はない。夫でも恋人でも好きでもない男に、抱かれずに済むぞ」

「っ……」

思いもよらないひと言に、私は息をのんだ。

「……いや」

純平さんは私に構わず、腕を解いて顎を撫でる。

「たとえそうなっても、優しく大事に可愛がってもらえるだろう。俺がするより、ずっと」

なにを意図して言ったのか――。信じがたい言い様に、私の脳神経は麻痺した。

思考回路が停止して、常識とか冷静な判断とか大人の対応とか、そういったものを全部超えて、怒りの感情ばかりが激しく打ち寄せてくる。

「お前の好きにしてくれて構わない」

純平さんは、私の反応を待たずに、くるっと踵を返した。

「どちらにしろ、報告は不要だ。次の機会に、そのまま連れていってもらえばいい。荷物は、後で朝峰に取りに来させれば……」

「なんでそんなこと言うんですかっ‼」

早口で淡々と言い捨てる背中に、私は喉を搾る勢いで怒鳴りつけた。

「え？」

足を止めて振り返った彼の顔めがけて、ソファの上から取ったクッションを、思い切り投げつける。

「ぶっ……」

至近距離から顔面に命中して、純平さんがくぐもった声をあげた。

鼻を押さえた彼の足元に、クッションがボテッと落ちる。

「おま……」

鋭い瞳で睨みつけられても、彼を上回る怒りで全然怖くない。

「なん……なんなんですか、その言い方。朝峰さんに優しくって。大事にって……」

私は激しい興奮で声を詰まらせ、大きくズッと洟《はな》を啜った。

「私だって、純平さんに散々迷惑かけてること、自覚してます。すごく申し訳ないと思ってる。だから、どんなに冷たくされても、意地悪されても平気です。でもっ……」

一気にせり上がってくる嗚咽《おえつ》で、ひくっと喉を鳴らす。

「他の人に抱かれろ、みたいに言われたら、傷つきます！　私は、純平さんの子猫ちゃんじゃない!!　純平さんが出ていってほしいと思ってるなら、朝峰さんを言い訳にされなくたって、自分の意志で出ていきますっ！」

なんとかそれだけ言い切ったものの、猛烈な怒りと悲しみが抑えられない。

「うっ。うううっ……」

堪えきれずに頽れ、堰《せき》を切ったように嗚咽を漏らした。

純平さんは私の剣幕に押され、呆気に取られていたけれど。

「……おい」

若干戸惑い気味に呟き、私の前に片膝を突いた。どこか怖々と手を動かし、私の顔を隠す髪を退けようとする。

「嫌っ！　触んないでっ」

私は全身で拒み、パシッと音を立てて彼の手を振り払った。

純平さんは、ビクッと手を引っ込めた。

そして、ひくっひくっとしゃくり上げる私に、

「……言いすぎた。謝るから、泣くな」

途方に暮れたような溜め息を漏らし、歯切れ悪く宥める。

「そもそも、お前にここにいろと言ったのは、俺だ。出ていけとも思ってない」

そう言われて、私はおずおずと顔を上げた。

純平さんは、見たことがないくらい弱りきった顔で、ガシガシと頭を掻いている。

「それに……お前のことを子猫ちゃんなんて言い方をしたのは、朝峰だ。俺はそんな風には言っていない」

「………」

「……料理ができる分利口なペット、とは言ったが」

きまり悪そうに、ボソッと付け加えた。

「ひっ……酷っ」

鼻の穴を膨らませて抗議する私の前で、純平さんは苦く歪めた顔を手で覆う。

「俺のところにいるより、朝峰と一緒の方が、お前のメリットになると思った。発言の意図はそれだけだ。お前が自分の意志でここにいると言うなら、俺の方に異論はない。勝手にしろ」

一方的に言い捨て、スッと立ち上がった。

再び私に背を向け、今度は振り返らずに、スタスタと階段の方へ歩いていってしまう。

「あ……」

私は胸元でパジャマをギュッと握りしめ、その広い背中を見送った。

……わかってはいたけど。

「ペット、かあ……」

彼の言葉を反芻しながら、ゴシゴシ目元を擦った。

迷惑だ、出ていけ、と言われなかったことにホッとしても、私が願う存在意義からは大きくかけ離れている現状――。

私は、がっくりとこうべを垂れてうなだれた。


翌日、午後三時。

仕事が一段落したところで、私は「コーヒーブレイクにどうぞ」と、同僚たちに大量のお菓子を配り歩いた。

違うグループの桃子にもお裾分けに行くと、彼女はこの大量のお菓子を配るに至った経緯に目を丸くしながらも、「ちょっと休憩しない？」と誘ってくれた。

私は増本さんに許可を得て、スイーツとマグボトルを手に、桃子と一緒にオフィスの片隅に移動した。

パーティションで仕切られたミーティングブースで、向かい合った椅子を引いて腰を下ろす。

「GWのこと、聞きたかったんだー。瀬名さんとお出かけだって、浮かれてたじゃない？」

桃子が身を乗り出してきて、私は苺のミルフィーユの蓋を開ける手を止めた。

「あー……うん」

再び動かし出した手に目を落とし、曖昧な返事をする。

「楽しかったよ」

それだけ答えて、プラスチックのフォークを手に取る私に、

「あれ？」

桃子が怪訝そうに眉根を寄せた。

「もっと嬉しそうに、尻尾振って報告しに来るもんだと思ってたのに」

私は昔から、小動物に喩《たと》えられることが多い。

彼女も軽い気持ちで言ったとわかっているけど、今はそれすら心にザラッとする。

「尻尾って。……私、そんなキャラ？」

普段なら気にすることもないのに、私の声は少しつっけんどんになった。

「……ごめん。怒っちゃった？」

私の反応は予想外だったのか、桃子がやや当惑顔で謝ってきた。

個人的なモヤモヤを、関係のない彼女にぶつけてはいけない。

「ううん。こっちこそ、ごめん」

私も、謝罪を返した。

だけど。

「……ねえ、桃子」

客観的な意見を求めたくなって、背筋を伸ばして呼びかけた。

「ただのペット扱いでも、脈あるかなあ」

「え？」

桃子はバウムクーヘンの袋を開けながら、私に目線を返してくる。ちょうど、パーティションの向こうを誰かが通り過ぎ、私は、人の耳に入るのを気にして背を屈める。

「純平さんの部下の人に会った時、『子猫ちゃん』って呼ばれて。純平さんも、私のことをペットって思ってたって」

昨夜のことを思い出し、複雑な気分で唇を尖らせると、桃子は困ったように眉をハの字に下げた。

「歩、そういう印象だもんねえ……」

「それは自覚してるけど……女としては、見てもらえてないってことよね」

私は、両手で頬杖をついた。

その上、朝峰さんの家に行って、『可愛がってもらえ』的な言い方をされた。

本当にそうなっても、まったく意に介さないのかと思うと、またしてもへこむ。

「私、見込みないのかなあ……」

落ち込んで目を伏せ、「はあ」と息を吐いた。

「うーん……」

桃子が、思案顔で軽く唸った。

袋から出したバウムクーヘンを、小さく千切って口に放り込み、

「そうやって、彼女を猫可愛がりしたいタイプの人なら、むしろピンポイントだと思うけど。瀬名さんって、そういう感じでもないというか……」

言い回しを考えてくれたけど、それは私の方がよくわかっている。

事あるごとに彼の言動に表れる、真正のドSの〝性癖〟——。

「そう、よね……」

主観的にも客観的にも、私の恋に見込みはないと、結論が出てしまった気分……。

「でも歩は、瀬名さんの懐のだいぶ深いところまで、入り込めてる。それは、確実に言える」

がっくりとうなだれる私を励まそうとしてくれたのか、桃子が声に力を込める。

「その立場を利用して、内側から懐柔していけば、少しは可能性が出てくるんじゃないかな」

「⁉　か、懐柔って、どうやって」

ひっくり返った声をあげる私を見上げ、「しーっ」と人差し指を立てて制した。

私も慌ててパーティションを見上げ、両手で口を押さえてコクコクと頷いてみせる。

「ペットロスって言葉もあるくらいだし、歩がいないと寂しいって思わせたら、大成功じゃない？」

「ペットロス……」

彼女の言葉を、自分でも繰り返してみるけれど……。

純平さんが、生活に癒しを求めてペットを飼うとは思えない。ひとりで悠々自適なのに私がいて、不本意な偽装結婚生活の中で、無理矢理楽しみを見出した、そういう解釈の方が正解。

――むしろ、せいせいしたって思うんじゃない？

私は同意できずに、難しく顔を歪める。私の思考回路を見透かしたのか、桃子もちょっと頼りなく眉尻を下げ――。

「と、とにかく」

取ってつけたような咳払いをした。

「甘い物食べて、気分変えよう。それで残りの仕事、頑張ろう！」

「う、うん！」

定時まで、あと二時間半。気分転換のコーヒーブレイクで、沈んでる場合じゃない。

私も急いでミルフィーユを食べ始めた。

逃がされる

朝、『直接捜査に行く』と電話してきて、どこかに直行した朝峰は、その日の捜査会議が始まっても会議室に現れなかった。

大島の起訴以降、刑事たちの報告も目立った進展がなく、捜査は完全に膠着状態と言っていい。俺は黙って耳を傾けていたが、徐々に不愉快な気分が強まり、口をへの字に結んだ。

捜査の進捗が芳しくないからではない。

昨夜からの苛立ちが、今もなお、尾を引いている。

歩が初めて俺に怒鳴りつけた言葉の一語一句が、脳内で不快なほどぐるぐると回っている。その上、彼女との諍《いさか》いの根幹にいる朝峰が、朝から出払っているのも落ち着かない。

大事な捜査会議で、気が散るなんて、俺はいったいなにをしているんだ。

らしくない自分が腹立たしくて、口を手で覆う。

——昨夜の俺も、どうかしていた。

朝峰とコンビニに行って、浮かれて爆買いしてきた歩の話を聞いているうちに、心がささくれ立った。言うべきじゃないとわかっていたのに、意志では抑えられずに次々と毒を吐いた。その結果、飼い猫が獰猛に毛を逆立てた。

——歩があんなに怒るとは、思いもしなかった。

バカがつくほどお人好しの彼女に、そういう感情もあると、俺は思っていなかったかもしれない。普段温厚な人間ほど、怒りを爆発させた時、その威力は半端じゃない。

おかげで、俺の心にまで、さざ波が立つ——。

「では、瀬名警視正。なにかございますか」

いつの間にか深い思考に耽っていた時、突然名指しされて、ギクッと手が震えた。

「はっ……」

俺はガタンと椅子を鳴らし、反射的に立ち上がった。会議室を埋め尽くす刑事たちから、視線が注がれる。

なにを言う場面か……。とっさに思考をフル回転させて、

「なんとも不甲斐ない。全員気を引き締めて、身を粉にして捜査に当たれ」

低い声で叱咤して、ドスッと腰を下ろす。

後方の席に着く刑事たちが、不満げにざわめき出した。

「鬼」とか「悪魔」とか、聞き慣れた陰口はスルーする。

捜査一課長の、『解散』の号令を待っていると……。

「すみません！　解散、待ってください！」

後方のドアから、凛とした声が響き渡った。

その場にいた全員が一斉に振り返る中、まるで凱旋《がいせん》するような足取りで会議室の真ん中に進み出たのは、朝峰だった。

「先日の東京駅での取引の際、見張り役を務めた男の身柄を、特定しました！」

高らかな報告に、俺はハッと息をのむ。会議室にどよめきが広がった。

俺の班の刑事たちが、「本当ですか」と、彼に詰め寄る。

「はい」

朝峰は、すべての者に順繰りに目を向け、ニヤリと好戦的な笑みを零した。

「別件で、独自にマークしていた男です。過去の証拠物件と照らし合わせ、科捜研で科学的に証明できました。これは、分析データです」

最後に俺の上で視線を留め、手に持っていた書類のファイルを顔の横に掲げる。

俺はゆっくり立ち上がり、彼の前に進んだ。

「瀬名さん。確認をお願いします」

胸元に突き出されたファイルを受け取り、ザッと中を検《あらた》める。

そして、ピクリと眉尻を上げた。

「……令状請求の手続きを行う。直ちに、取り掛かれ」

俺は彼をジッと見据えながら、横にいた新海にファイルを突きつけた。

新海は「はっ！」と敬礼して、ファイルを手に、一目散に駆けていく。他の刑事たちも後を追って、我先にと会議室から飛び出していった。

捜査一課長の、「解散」の号令がかかった。

正面から対峙《たいじ》する俺と朝峰の横を、何人かの刑事がバタバタと通り過ぎる中――。

「この短期間で、よくやった」

俺がそう声をかけると、彼はふっと目を細めた。

「ありがとうございます。菅野さんの協力のおかげです」

「日本橋と東京駅、二箇所に現れた作倉を、科学的に同一人物と証明し、過去の証拠物件により構成員として特定……か。いったいどんな手を使った？」

「これを見てください」

手に持っていたタブレット端末を俺の方に傾け、指先でサッと操作した。

作倉に関するフォルダを展開する。これまで、もう何度も目にしたデータだ。

「瀬名さんが撮影した、日本橋の動画です」

画面中央に、デパートの正面玄関にある、立派な太い柱が映り込む。

作倉はその側面に手を突いて立ち、もう片方の手のスマホに目を落としている。

「柱に突いた手にご注目ください。今、顔のすぐ横です」

「ああ」

しかし、動画が進む中、その手の位置は忙しなく変わる。

「ここです」

朝峰が、映像を停止させた。

「……？」

俺はタブレットに目を凝らし、眉をひそめた。

作倉の手は、頭上高くに移動していた。

柱に寄りかかり、大きく伸びをするような体勢。

彼と直角の位置に立っていた女性が、肩越しに見遣っている様子が窺える。

朝峰が一時停止を解除すると、女性はそそくさと移動していった。

「この体格でやられたら、威圧感があるな。落ち着きがないし、女性が気味悪がるのも当然だ」

「はい。作倉は極度の緊張状態にあったんでしょう。自分を強く見せようとする虚栄心、潜在的防衛本能からの周囲への威嚇。深層心理下の無意識行動と考えます」

朝峰のプロファイリング能力は、俺も一目置く高さだ。

顎を撫で、同意を示して何度か頷く。

「大島の取引現場にいたなら、この時以上の緊張下にあったはず。菅野さんの目に留まったのも、こういった不自然な行動をとっていたせいかと思い、俺は昨夜、彼女を連れ出しました」

「お前……最初からそのつもりで、歩を？」

怪訝な思いで顔を上げ、彼の顔を注視する。

朝峰は胸を張って、「いえ」と否定した。

「彼女に近付いたのは、百パーセント下心です」

「……もう少し、歯に衣着せろよ」

悪びれずに断言され、俺は頭痛を抑えるように額に手を遣った。

朝峰が、クスッと笑う。

「菅野さん、ああ見えてガードが堅くて。食事に誘ってもなかなか『うん』と言ってくれなかったので、捜査協力の見返りという交換条件にしたんです」

「それで、東京駅に？」

俺の問いかけに、「はい」と首を縦に振って答える。

再びタブレットを操作して、今度は東京駅の画像を展開させた。

「これは、菅野さんがいた場所とは違う位置から撮影された画像で、大島の姿は確認できますが、作倉は完全に柱の陰になっていて見えない。でも彼女は、そこに作倉が佇《たたず》む姿を、正面から見ていた」

「……！」

「その時も、一心にスマホを弄っていたそうです。瀬名さんの動画の時とまったく同じ心理状況、行動……」

そこで一度言葉を切り、まっすぐ目線を合わせてきて、

「現場に連れていったら、事細かに思い出して証言してくれました。東京駅でも、作倉はこの柱に手を突いていたそうです。……デパートの時と同じく、顔の高さ、さらに頭上高い位置にも」

どこか芝居がかって声を低める彼に、俺はごくりと喉を鳴らした。

朝峰は、俺の反応に満足そうにタブレットを持ち上げ、

「菅野さんと別れた後、両方の柱から指紋を採取しました。デパートの方は屋外で、

かなり不鮮明でしたが、予想通り何箇所にもベタベタ残っていたため、過去の現場で採取した指紋と、どうにか照合できました。九十九パーセント、同一人物の指紋である。よって、作倉をしょっ引く根拠になる」

誇らしげに言い放った。

「……そうか。よくやった」

彼の捜査眼に敬意を表しつつ……。

「別れた後……。だからか」

俺は顎を撫でながら、ひとり納得して呟いた。

「だから？」

「お前甘い物好きだってわりに、歩が大量に買い込んだ菓子、ほとんど貰わなかったんだろ？　その足で指紋採取に行くつもりでいて、荷物になるから……」

「違いますよ」

朝峰が、即座に言葉を挟んで否定した。

「あんなに買い込んだ理由を知ってて、貰えるわけないじゃないですか」

「理由？　……ああ、仕事の参考にってやつか」

「それも、違います」

「じゃあ、なんだ」

やや困ったように眉尻を下げられ、俺は首を捻った。

「瀬名さんは甘い物は好まないって、俺、教えてあげたんですよ」

「？　ああ」

「でも菅野さん、『これだけたくさんあれば、ひとつくらい好みに合うものもあるかもしれない』って」

「え……」

彼の返答に意表をつかれ、瞬きを繰り返す。

「あれは全部、彼女が瀬名さんのために選んだものです。そんな心のこもったものを、俺が幾つも貰っていいわけがないでしょう」

「俺の？　……！」

怪訝に繰り返し、最後は大きく息をのんだ。

「ひとつくらい、好みのものはありましたか？」

朝峰が、探るような口調で質問してくる。俺は口元を手で覆って、彼から目線を外した。そんな動作で、朝峰は簡単に答えを見透かしたようだ。

「……そうですか。菅野さん、可哀想に」

歩を憐れむその言葉は、同時に、俺を痛烈に詰《なじ》ってくれた。
「俺は……」
「え？」
無意識の呟きを拾われ、唇を結んで黙り込む。
俺は何故、昨夜、あんな……。
歩に対する下心を憚らない朝峰が、意味もなく不愉快だった。
嬉しそうに外出の報告をする彼女にも、神経を逆撫でされた。
朝峰が歩に勧めた菓子など、俺が貰うわけないだろう——。
あの苛立ちと不快感は、いったいなんだったのか。
『これからは、朝峰の家で保護してもらうか？』
尋常じゃなく荒ぶった感情に煽《あお》られて、言い捨てたひと言は、まるで嫉妬だ。
——嫉妬……？　俺が、なにに？
自ら導き出したその言葉に、俺の心臓がドクッと沸き立った。
至近距離にいようが、朝峰に伝わるわけがないのに。
「……意地悪したなら、早く帰って謝った方がいいですよ」
彼は俺の動揺をなんなく見抜き、鷹揚に腕組みをする。

「令状取り次第、身柄を拘束します。早ければ、未明には決着がつくでしょう」

淡々とした口調に引き摺られ、俺も冷静を取り戻す。

「それならなおさら、指揮官の俺がのうのうと帰宅するわけにはいかない」

口元から手を離し、喉に引っかかって掠れる声を挟んだ。

朝峰は、『やれやれ』といった顔つきで、ひょいと肩を動かす。

「作倉を逮捕したら、瀬名さんが彼女を保護する必要はなくなる。もう、いいように愛玩できない。それほど時間はないですよ」

刑事らしい鋭い目で正論を説かれ、俺は不覚にも返事に窮した。

朝峰は、鬼の首を取ったような顔をして、ふっと笑う。

「指揮なら、ここじゃなくても執れるでしょう。俺の功績に免じて、菅野さんに謝って、そばにいてあげてください」

「っ……」

部下に言い負かされたことなど、今まで一度もない。しかし、彼の一語一句に、歩への罪悪感が引き摺り出され、目の前に積まれていく。

「では、瀬名さん。お疲れ様でした」

朝峰は、くるっと踵を返した。そのまま、大股でスタスタと出口に歩いていく。

「……夜中でも、逐一報告しろ」

彼の背中にそう告げるのが、精一杯だった。身体の脇で、ギュッと拳を握る。

出口まで行って立ち止まった朝峰は、

「もちろん、必ず」

それだけ言って、会議室から出ていった。

＊＊＊

GWは終わったばかりだけど、すぐに週末が訪れた。

また明日は休みだし、昨夜大量に撮ったスイーツの画像の整理をしていたら、いつの間にか日付が変わっていた。目がしょぼしょぼして、スマホから顔を上げる。

テレビも点けずに、作業に没頭していた。私ひとりきりのリビングは、しんと静まり返っている。

なんとなく壁時計を見上げ、「はあ」と声に出して溜め息をついた。

「……もう寝よう」

自分に言い聞かせるように呟き、テーブルに両手を突いて立ち上がる。

スマホを片手にソファから離れたところで、玄関のドアが開く音がした。

条件反射でドキッと胸が跳ねて、その場でピタリと足を止める。

廊下を走る足音が近付いてきて……。

「お、お帰りなさい。純平さん」

リビングのドアが開くと同時に、そう声をかけた。

純平さんはリビングにサッと目を走らせ、私の上で視線を留める。

「お仕事お疲れ様でした」

「……ああ」

それだけ言うと、筋張った大きな手で口元を覆って、私から目を逸らしてしまった。

一日経っても、昨夜の気まずい空気が蔓延《はびこ》っている。私の笑顔もぎこちなく、労いの後は言葉が続かない。おかげで、私たちの間に、重苦しい沈黙がよぎる。

「私、先に休みますね。お休みなさい」

この空気感に耐えられず、私は彼に挨拶をして、その横を通り過ぎようとした。

ところが。

「待て」

純平さんが、私の肘を引いて止める。

「え？」

彼の行動に戸惑い、振り返って仰ぎ見た。

純平さんは、ここでもらしくないほど、落ち着きなく瞳を揺らし……。

「……昨夜、すまなかった」

「は？」

歯切れの悪い声は彼自身の手の平に阻まれ、さらに聞き取りづらかったけど、聞こえなかったわけじゃない。

「朝峰から聞いた。昨夜の菓子は、俺の好みに合うかもしれないと考えて、あんなに大量に買い込んだのだと」

でも、純平さんは律儀に、急いたように話し始める。

「なのに、お前が可哀想だと、詰られた。……すまなかった」

「お菓子……そっち、ですか」

そう挟んだ私に、「え？」と短く聞き返した。

そんなことじゃない。

そんなことで、傷ついたりしない……。

なにか、胸にせり上がってくるものをグッと堪え、私は目を伏せてかぶりを振った。

「私の方こそ、大声出したりしてすみませんでした。お菓子のことは、私が勝手にしたことです。だから、純平さんも気にしないでください」

どうしようもなくやるせない思いに駆られ、彼から目を逸らしたまま続けた。

「おい、お前……」

純平さんは、訝しげに呼びかけながら、肘を引く手に力を込める。

「っ、放してっ……」

私は肩を回して、彼の手を払った。

頭上で小さく息をのむ気配がして、ハッとして顔を上げた。

私の行動は意外だったのか、純平さんが驚いたように目を瞠っている。

「お、お休みなさい」

彼の顔を、直視できない。気まずくて、肩を縮めてそそくさと通り過ぎ――。

「っ、ちょっと待て」

純平さんが、やや声を険しくして、私の肩を掴んだ。力任せに引っ張られ、私は抗う余裕もなく振り向いた。意に反して、真正面からバチッと目が合う。

反射的に顔を背けようとしたものの、それより一瞬早く、強引に顎を掴まれ……。

色濃く降ってくる、彼の影。

「っ……ダメっ……！」

私は必死に顎を引いて、彼の唇から逃げた。

鼻先を掠めただけで、未遂に終わったキス。

なのに、私の心臓は激しく拍動する。早鐘のような鼓動が苦しい。怖い。

逃げ出したいのに、私はまるで縋るように、両手で彼の胸元のシャツを握りしめた。

「おい……？」

頭上から降ってくる声は、怪訝より困惑に傾いている。

「もう……こういうこと、やめませんか」

私は大きく俯き、純平さんの黒いソックスの爪先を見つめて、声を搾り出した。

「こういうこと……？」

彼の声に、微かな強張りが感じられる。

「偽装結婚を、真実に近付けるために、してること……」

私は、喉に声をつっかえながら、たどたどしい返事をした。

一瞬、純平さんがピクッと反応したのが、伝わってくる。それでも、怯んではいられない。

「私は、純平さんにとってただの偽装妻、ペット。わかってるから、苦しいんです。

辛い……」

心のままに吐露した想いに感情が煽られ、声が詰まる。嗚咽が込み上げてきて、ひくっと喉が鳴った。

純平さんは、黙っている。

今、なにを考えているのか知りたいのに、絶望するのが怖くて、顔を上げられずにいると。

「そうだな。もう、やめよう」

「え……？」

私は、彼にどんな言葉を期待していたのだろう。

優しい慰めでも、意地悪な蔑みでもないのは確かだったけれど、予想の斜め上をいく静かな反応に当惑して、恐る恐る顔を上げた。

純平さんは、顎を引いて私を見下ろしていた。

感情の読めない黒い瞳を見つけて、心臓がドクッと不穏に沸き立つ。

「じゅん……」

「お前が昨夜朝峰に協力したおかげで、今、作倉の令状取得手続きを進めている」

「えっ？」

純平さんは目を瞠る私の手を掴み、自分から離させた。

「遅くとも、明日の午前中には逮捕できる。もう、俺がお前を保護する必要はない」

彼が手を放すと、私の両手は力なくだらんと垂れた。

呆然と見上げた私と目が合い、ほんのわずかに眉尻を下げる。

「辛い思いをさせて、悪かった。いつでも好きな時に、出ていってくれていい」

「っ、純平さ……」

とっさに呼びかけた私の声は、彼の上着のポケットで鳴った、スマホの着信音に阻まれた。純平さんは、条件反射で口を噤む私の前で、スマホを取り出す。

「瀬名だ」

キビキビと応じながら、私をその場に残し、ダイニングの方へ歩いていく。

「……そうか。わかった。現場に急行しろ。作倉を拘束し、連行するんだ」

無意識に目で追う私に背を向け、冷淡に指示をする。

「俺も、すぐに警視庁に戻る」

そう言いながら、左手首の腕時計に目を落とす。戻れる時間を逆算しているんだろう。その冷然とした横顔には、なんの感情も見出せない。

彼の神経は完全に仕事に占められ、もう、私の存在を意識すらしていない。

「ああ。頼んだ」

部下からの報告に、わずかなやり取りだけで電話を切り――。

抑えられない涙をぽろぽろ零す私を一瞥もせず、大股でリビングを横切って、家から出ていってしまった。


純平さんが出ていって三十分ほど後、私は彼のマンションを後にした。

もともと、私自身の荷物はほとんどない。身に着けていたものはすべて、彼が買ってくれたものだから、そのまま置いてきた。

もう、終電の時間はとっくに過ぎている。でも、どうしても……ほんの一秒でもあの家にいるのが辛かった。

ラグジュアリーなエントランスを出て、弱い街灯に照らされた通りを進む。

――ひとりだ。

ひとりで、なにも気にすることなく、夜道を歩いている。

堪らない解放感で、浮かれてスキップしてもいいくらいなのに、私の心は沈みに沈んでいて……。

大通りに出てタクシーを拾い、後部座席に乗り込んだ途端。

「ふうっ……」

我慢できず、声をくぐもらせて泣き出した。

「えっ。お客さん？」

運転手が、ギョッとした様子で、バックミラー越しにこちらを見遣ってくる。

「すっ、すみません」

私は両手で顔を覆い、ひくっひくっとしゃくり上げた。

「家に着くまで、泣かしておいてください」

何度も声をつっかえながら、そうお願いした。

運転手は、真夜中に高級住宅街で拾った、何故かスーツ姿の女性客を、相当訳ありだと思ったのだろう。それきり、なにも言わずにタクシーを走らせて、

「一万円でいいから。浮いたお金で美味しい物でも食べて、元気出しなね」

私のマンションに着いた時、そう言って三千円もまけてくれた。

「あ……ありがとうございます〜」

東京に出てきてすぐ、とんでもない目に遭った。だけど、上京しなきゃよかったなんて思いはしない。この狭い都会で出会った人たちは、みんな私に優しい。

偶然乗り合わせたタクシーの運転手も、乗り換え手段を教えてくれた大島さんも、

職場で出会った桃子や先輩、朝峰さんも。

——純平さんも。

東京に来て、最初の一週間だけ暮らした狭いワンルームの部屋に入った途端、私は玄関先で頽れた。

分不相応なセレブ妻の夢から醒めて、現実を目の当たりにしたら、途方もなく寂しかった。いや、現実の急転直下の落差のせいじゃない。

これからは、純平さんがいない。

私の日常から、彼の気配も匂いも感触も……すべて失われる。そうやって、もとに戻っていく。

偽装結婚生活が終わったら、その時、純平さんに好きって言う。

これからは、恋人になって、そばにいたい。

そう願っていたのに、想いを伝える前に、彼が私のことなんかこれっぽっちも好きじゃないことを、思い知らされてしまった。

言えなかった。

大事なことをなにも言えないまま、もう純平さんに会うこともないんだ……。

「……う、ふうう」

偽りの妻だった期間は、たった一カ月なのに。

半身を削ぎ落とされたような心許なさに、涙が止まらなかった。


その日は、眠ろうとしても眠れず、一晩中テレビを点けていた。合間に訪れる束の間の睡魔に目を閉じ、断続的に意識を手放すだけの夜を過ごして、正午を過ぎた頃。

『警視庁は、本日未明、麻薬売買取引に関与したとして、作倉義一容疑者二十五歳を逮捕しました』

そんなニュースが私の耳に飛び込んできた。

ベッドから毛布を引き摺り落とし、床の上でミノムシみたいになっていた私は、ぼんやり顔を出してテレビを眺めた。キャスターがニュース原稿を読み上げる途中で、容疑者の写真が画面に大きく映し出される。

確かに、私を追ってきたあの男の人。そして、東京駅で最初に声をかけようとした人も、こんな顔だった。

大島さんに続いて、私が関わった人が、また……。意志とは関係なく、ゾクッと身体が震える。

でも、これで、私の身の安全は保障された。普通の日常が戻ってくる。

好きな時にコンビニに行けるし、仕事帰りに桃子と飲みに行ってもいい。

この一カ月、やりたいことは我慢してきた。

解放感に、ウキウキワクワク胸を躍らせてもいいくらいなのに……。

私の心は沈み、空虚だった。

＊＊＊

午前四時四十分。

朝峰と新海が主導となって、作倉義一の身柄を拘束したとの報を受けた。

夜が明け、午前六時を回った頃、作倉が警視庁に連行されてきて、休む間もなく取調べを開始した。俺は班の刑事たちと一緒に、取調室の隣室から、マジックミラー越しに様子を観察した。机を挟み、作倉と向かい合っているのは朝峰だ。

連行前の逮捕時に、被疑者の権利や罪状の説明は済んでいる。

作倉は、『たまたまその場に俺がいたってだけで、逮捕かよ!?』と、早朝の住宅街で大暴れだったそうだ。今も、ふて腐れた顔をしている。

「だーかーらー。俺は麻薬密売組織なんかと、なにも関係してないんだって。ミッドナイトってなんだよ。知らねえっつーの」

落ち着きなく貧乏ゆすりをして、朝峰と目が合うのを避けているのか、忙しなく視線を走らせる。

「弁護士呼べよ。呼んでから話を聞けよ。おいっ」

「もちろん、呼びますよ。ですが、彼らは警察の取調べに立ち会うことはできません。それと、あなたは逮捕拘留されている身であり、取調べに対し拒否権はありません」

朝峰が淡々と説明するのを聞きながら、俺はマジックミラーに肩を預け、腕組みをした。

日本の売買組織だけでなく、ミッドナイト本体の完全壊滅をも狙うには、作倉から少しでも多くの情報を引き出す必要がある。

取調官には、朝峰が最適だ。

彼は刑事にしては物腰が柔らかく、被疑者を油断させる才に長けている。

しかし、そのやり口は実に巧妙で、相手が思いもしない方向から包囲網を狭めていく。最後の最後まで追い詰められた自覚のないまま、いつの間にか自白していたという被疑者も数多い。

作倉は、彼の穏やかな口調にペースを乱されつつも、複数回に渡って売買取引の見張り役を務めたことについては、『知らない』『偶然だろ』と否認し続けた。

しかし――。

「こちらをご覧いただけますか」

朝峰が、自分の前に置いていたノートパソコンを、彼の方に回転させた。

「これ。この、柱に手を突いている黒縁眼鏡の男性。あなたですよね?」

恐らく、俺が撮影した動画が再生されているのだろう。

作倉は興味なさそうにモニターに目を遣り、

「あ? ああ。多分な」

貧乏ゆすりをやめて、横柄に足を組み上げる。

「これは先月上旬、とある女性から助けを求められた我々の指揮官が、東京日本橋で撮影したものです」

「え。日本橋……」

動画の画質はそれほどよくない。彼には、場所まではわからなかったのだろう。

一瞬、確かに、ギクッとしたように呟く。

その機を逃さず、朝峰は机に両肘をのせ、グッと前に身を乗り出した。

「女性を尾け回し、恐怖に陥れたストーカー男を、撮影したんです」

　こちらに背を向けている彼の目が、蛇みたいに鋭くなったのは、作倉が怯んだ様子からもよくわかる。

「その女性というのが、実はその前に、東京駅で大島に声をかけ、商売道具を押しつけられていましてね」

「……へー。だから？」

　作倉は足を解き、再び落ち着きなく貧乏ゆすりを始める。

「作倉さんのことも、まさにその現場で、見かけている」

「…………」

「その女性が、あなたにストーカー行為を受けた。これは、どういう偶然でしょう？」

　ねっとりと畳みかけられ、彼の目が泳いだ。

　ドラマや映画の知識で、マジックミラーの存在はわかっているのだろう。

　その目がこちらに向けられ、俺のすぐ後ろにいた新海が、ゴクッと唾を飲む音が聞こえた。

「ちなみに……指揮官が直々に、この動画の男を作倉さんだと証言しています」

「っ……そんなわけがない！　だって、あの時その女のところに来た男は、俺にはずっと背を向けて……」

「朝峰。作倉はもう落ちている。東京駅と日本橋、ふたつの場所で採取した指紋が、過去の取引現場のものとも一致したことを突きつけ、完落ちさせろ」

作倉が口走る途中で、俺はインカムを使って、朝峰に指示を出した。

「え?」

彼は作倉を手で制し、肩越しにチラリと、こちらに視線を向けてくる。

「……瀬名さん?」

作倉の自白を途中で遮った形の俺に、周りの刑事たちが訝しげに呼びかけてくる。

取調室の朝峰は、心得顔で目を細め、作倉に向き直った。

「今、あなたは、この女性と我々の指揮官を見ていたことを認めました」

作倉が、グッと言葉に詰まるのを見て……。

「あとは、任せた」

俺は刑事たちの間を縫うようにして、部屋の外に出た。

「……くそっ」

ネクタイを緩めながら独り言ち、ガシガシと頭を掻く。

『俺にはずっと背を向けて』……歩とキスをしていたなどと言われては、事件に巻き込むのとは別の意味で始末書ものだ。

朝峰のあの顔つきを見れば、俺が、作倉がなにを言うのを阻もうとしたかは、薄々勘付いている。記録に残すことはしないはず……。

ここは任せて、俺は作倉の逮捕について、上官に報告しなければいけない。

警視監も、そろそろ出勤する頃だ。

腕時計で時間を確かめ、やや肩を竦めて捜査一課のオフィスに戻った。

朝峰が突き止めた科学的証拠から、即令状取得手続きに取り掛かり、作倉の逮捕に夜を徹したため、ずば抜けた体力を誇る刑事たちも、疲労の色が濃い。

作倉の取調べが終わると、俺は部下全員に強制退勤を命じた。

俺もその最後にオフィスを出て、マンションに帰宅したのは、午後三時だった。

居住フロア直結のエレベーターにひとりで乗り込み、壁に凭れかかりながら、ふうと息を吐いて天井を仰ぐ。

仕事から解放されたせいか、昨夜、このエレベーターでエントランスに降りた時の記憶が掠めた。

作倉の逮捕に全身の神経を集中させて、意識から追いやろうとしていた、その直前の、歩とのやり取りを。俺が言われたこと、俺が言ったこと、すべてを——。

「っ……」

昨夜の出来事が一気に脳裏に蘇ってきて、ゾワッと寒気がした。

フロアに着くと、転げるようにエレベーターから降り、通路を走った。

ドアの前でカードキーを翳し、解錠する間ももどかしい。

勢いよく玄関を開けると同時に、

「おいっ！」

切羽詰まって、中に向かって呼びかけた。しかし、返事はない。

「っ……」

俺は玄関に靴を脱ぎ散らかして、廊下を駆け抜けリビングに飛び込んだ。

壁一面の窓ガラスから射し込む五月の強い日光に、一瞬目を眩《くら》ませる。

額に庇《ひさし》のように手を翳し、リビングを見回した。

ガランとしたリビングに、歩の姿はない。物音もせず、しんと静まり返っている。

「っ、おいっ……」

二階に続く階段に駆け寄ろうとして、ソファの前のローテーブルに置かれた小さなメモが、視界の端に留まった。

ハッと足を止め、つかつかとローテーブルに歩いていく。

指先で摘まみ上げ、丸っこい文字で書かれた短い文章を目で追って――。
「歩っ……」
弾かれたように、階段を駆け上がった。
歩が使っていた客室のドアを、ノックもせずに開ける。
ベッドは人が寝た跡がなく、綺麗に整えられていた。
クローゼットには、俺が買ってやった服がすべて、そのまま残されているが……。
俺の心臓が、ドクッと不穏に沸き立つ。
肩を動かして息をすると、手から彼女のメモがひらりと床に舞い落ちた。
『お世話になりました。さようなら』
その場に立ち尽くし、ぼんやりとメモに目を落とす。
俺が家を空けている間に、歩は出ていってしまっていた。

朝峰が、執念の取調べを続けている。作倉は目に見えて精彩を欠いていった。

一度目の勾留期限延長措置の後、疲労と苛立ちから注意力が散漫になった。朝峰の思惑通りに情報を漏らし、そこから数人の仲間が浮上した。調査と並行して令状を取り、組織の末端構成員を芋づる式に検挙することに成功している。歯車が噛み合い、捜査は確かに前進した。

俺は構成員たちの取調べは部下に任せ、インターポールとの情報共有に時間を割くことができた。

五月下旬。

その日、俺は外出ついでに、東京駅八重洲口の交番に立ち寄った。歩が新海に任意同行を受け、連れてこられた場所。その後、大島を拘束して、最初の事情聴取を行ったのもここだ。

「あっ……瀬名警視正！」

カウンターにいた巡査部長の制服警官が、俺の顔を見た途端、サッと立ち上がって敬礼した。

「任務、ご苦労。なにか変わったことはあるか？」

「いえ、異常ございませんっ」

「そうか」

キビキビと受け答える警官に、頷いて返した時。

「……ん？」

微かな鳴き声を耳にして、首を傾げた。

狭い交番を見回す俺に、警官が「あ」と声をあげる。

「猫です」

「猫？」

警官がカウンターの奥に目を遣るのにつられて、俺もそちらに視線を走らせた。

小さなケージの中に、黒い子猫がいた。

「子供が、『拾った』と連れてきてしまって」

苦笑を漏らす警官に、俺も一応は理解を示し、相槌を打ったものの。

「何故、動物愛護センターに任せない。動物は遺失物として扱わなくなっただろう」

淡々と続けると、警官は額に汗を滲ませ、ポケットからハンカチを取り出した。

「それが……せっかく連れてきてくれたのに、所管が違うと突き返すのも気が引けて……」

「それで、ここで飼育しているとでも？　他に仕事は山ほどあるだろうが」

「はっ……」

しきりに汗を拭く警官に、呆れ半分で溜め息をつく。

カウンターを抜け、奥に入った。

「飼い主からの、届け出は？」

そう訊ねながらケージの前でしゃがみ込み、ミルクを舐める子猫をジッと見つめる。

小さい。生後、まだほんの二、三カ月といったところか。

「いえ、まだ……もうしばらくここに置いて、飼い主が現れなければ、保護団体に引き渡そうと話しております」

「そうか」

返事を聞いて立ち上がろうとすると、子猫がふっとミルクから顔を上げた。

何故だか、俺とバチッと目が合い、

「……みゃあ」

か細く、鳴いた。

その頼りない姿態が、俺がよく知る女と被る。

「っ……」

どうにも立ち去れなくなってしまい――。


警視庁に戻り、捜査一課のオフィスに入ると、ちょうど取調べを終えてデスクにいた朝峰が、俺を見た途端、目を丸くした。

「瀬名さん？　どうしたんですか、その猫」

俺の上着のポケットから顔を出している黒い子猫を目敏《めざと》く見つけて、あんぐりと口を開けている。

「ああ……ちょっとな」

そう言いながら自分のデスクに着き、猫を連れてきた経緯を手短に語る。

「ぶっ……」

朝峰が、遠慮なく吹き出した。

「それで、飼い主が現れるまで、自宅で保護すると？」

足を組み、肩を揺らしてくっくっと笑う。

「菅野さんには逃げられたことだし、別の保護癖でもついたんですか？」

「……うるさい。黙れ」

ニヤニヤしながら探られて、俺は忌々しい気分で、低い声で短く制した。

「それより、今日の取調べはどうだったんだ。作倉の最長勾留期限は迫っている。大島の二の舞にしてみろ。身内とはいえ、俺は躊躇なくお前の首を……」

「最近、気が抜けた炭酸水みたいだったのに。悪魔再降臨ですか」

朝峰は怯みもせずに、軽い揶揄で返してくる。

俺がムッと唇を結ぶと、ひょいと肩を竦めた。

「弁護士がついて、接見するようになってから、裏知恵を入れられてるのか、わりと慎重なんですよ」

「自分の無能の言い訳にするな」

「そんな。ポケットに子猫収めて凄まれても」

朝峰が、ひくっと頬を引き攣らせた。

——俺自身、様にならなかったのは自覚している。

太腿あたりでゴロゴロ喉を鳴らす猫を、ポケットから摘まみ上げてデスクに乗せた。

長い尻尾を揺らし、ヨタヨタ歩く小さな身体を目で追い、その背を撫でる。

猫が嫌がるように、ふいっと俺の手を避けるのを見て……。

「守ってやるから、お前は逃げるんじゃないぞ」

「は……」

思わず漏れた独り言を、朝峰に拾われた。彼はパチパチと瞬きをして、顔を背けたかと思うと、小さく吹き出した。

「なにがおかしい」

「すみません」

謝りながらも、口を手で覆い隠し、笑いを噛み殺している。

「らしくない。結構本気で参ってるじゃないですか、瀬名さん」

目尻に涙まで滲ませる彼を、苦い気分でシッシッと手で払った。

「いいから、さっさと報告書上げろ」

ギシッとチェアを軋ませて背を預け、これ見よがしな溜め息をつく。

「はい」

朝峰は短い返事をしたものの、まだ含み笑いを続け、

「ロスるくらいなら、連れ戻しに行けばいいのに」

腹が立つほど訳知り顔で、挑発的に口角を上げた。

「…………」

言うだけ言って仕事に戻る彼を横目に、俺は無言で顎を撫でた。

＊＊＊

純平さんの家を出て、〝自由〟を取り戻してから三週間ほど——。

「では、今日の出会いを祝して。かんぱ～い！」

同じテーブルの真ん中にいた男性が立ち上がり、ビールジョッキを高々と掲げて乾杯の音頭を取る。私は端っこの席で、引き気味にジョッキを持ち上げた。

「かんぱ～い……」

地味に呼応して、口元に運ぶ。一口目は、ほとんど泡しか入ってこない。

口を離して目線を上げると、同じテーブルを囲んだ人たちは、三分の一ほど飲み干し、ご満悦で「ふーっ」と息をついていた。遅ればせながら、私もジョッキをテーブルに戻す。

——何度こういう席に着いても、みんなのペースに乗り切れない。

私は助けを求めて、向かいの斜め前の席にいる桃子に、目を向けた。

彼女も私に気付いたものの、首を傾げてふっと微笑むだけ。

「…………」

私は、へらっと引き攣った笑みを返し、俯いた。

桃子には隠し通す自信がなく、失恋を報告していた。

すると彼女は、残念そうに同情を示してくれた後……。

『男を忘れるには、次の男。合コン解禁！　歩、瀬名さん以上の男を探すわよ！』

一転して、妙に力んで宣言した。

それからというもの、頻繁にランチ合コンに連れ出された。

最初こそ、『合コン！　これも、公私共にキラキラ東京ＯＬへの近道！』と考え、楽しもうとしたけれど、回を重ねるにつれ、虚しさばかりが強まっていった。

今日は、初めての夜の合コン。

お酒の席だからか、昼間と違って学生みたいなノリの男性たちに、怯む気持ちを否めない。乾杯から乗り切れず、気分を淀ませる私を他所に、周りの男女は距離近めで楽しそうに会話を弾ませている。

こんなことを何回繰り返したら、純平さん以上の男性に巡り合えるんだろう。

……いや、そもそも、そんな人いるんだろうか？

そんな風に塞いでしまい、新しい出会いに前向きになれない。

誘ってくれる桃子にも申し訳ない。

だから、今この瞬間だけでも楽しもうと、気持ちを上向きにしてみるものの。

「……はあ」

やっぱり、溜め息が先に漏れる。もちろん、暗いオーラを放つ私に興味を示し、声をかけてくれる男性などひとりもいない——。


「ごめんね、せっかく誘ってくれてるのに」

二次会を遠慮した私に付き合ってくれた桃子とふたりで、帰途に就いた。

「ううん。今日は私も、ちょっと疲れたから」

桃子はいつもと変わらずさらっと言って、軽く両腕を上げて「んー」と伸びをする。

そして、黙り込む私をチラッと見遣り、

「やっぱり、瀬名さんがいい？」

静かに問いかけてくる。

私は、背の高い彼女を見上げた。

「まあ、あんなパーフェクトな男、一般レベルじゃなかなかお目にかかれないもんね」

私の返事を待たずに、理解を示してくれる彼女にホッとして、自分の靴の爪先に目を落とす。

「……はあ」

肩を落として、息を吐いた。桃子は、なかなかテンションの上がらない私を、どうしたもんかという顔で見ていたけれど。

「あ、ねえ。前にランチ合コンで会った商社マン、覚えてる？」

突如声を弾ませ、私の肩を軽く叩いた。

「え？」

「私あの時、ひとりだけ連絡先交換したんだけどね。夏に、お互い何人か誘って、バーベキューでもしないかって話になってて」

彼女の言う、商社マンとの合コンの記憶を、手繰ってみる。

確か、二度目に参加したランチ合コンだった。相手の会社も日本橋にあって、会社からすぐ近くの商業施設にある、イタリアンレストランで会った気がする。

「あの時は、歩も結構楽しそうに話してたから、印象悪くないだろうし。どう？」

まだ、『東京のキラキラＯＬ！』と意気込んでいられた時のことだ。

楽しもうと思って参加したし、あの時の人たちの印象は悪くはないけれど……。

「歩、週末引きこもってるんでしょ？　遠出して、お日様の下で健全なバーベキュー。

いい気分転換になるんじゃないかな」

いつになく熱っぽく誘ってくれる彼女に、私の心も少しだけポジティブに傾いた。

「うん……ちょっと考えてもいい？」

ぎこちなく、ニコッと笑ってみせる。

「もちろん。いい返事、待ってるね」

そんな話をしているうちに、東京駅に着いた。桃子とは、ここから別方向だ。

駅構内に入ってすぐ、『また来週』と手を振って別れ、私は電車のホームに上った。

週末を迎える金曜日、午後十時のホームは、だいぶ混んでいる。到着した電車も、すでに乗客でいっぱい。梅雨入りが近い東京は湿気が強く、酔客も多い車内の空気は劣悪で、三十分の乗車時間も地獄。自宅の最寄り駅に着くと、私は転がる勢いで電車を降りた。

外の空気も決して快適ではないけど、胸を広げて酸素を取り込む。

気を取り直して改札を出て、マンションまで五分ほどの夜道を歩いていると、ふと、なにか視線を感じた。

この感覚は、まだ記憶に新しい。私はギクッとして、背後を窺ってみた。

駅から同じ方向に向かう人が数人。

立ち止まる私の横を、何人かのサラリーマンが通り過ぎていった。

一組の若いカップルが、角を曲がって姿を消す。

誰も、私を見てはいなかった。

作倉という男性に尾けられて以来、神経が過敏になっているのかもしれない。

「……気にしすぎ」

私は自分に溜め息をつき、再び歩き出した。

楽しいことを考えて気を紛らわせようとしたけれど、桃子に言われた通り、明日からの週末は予定もなく引きこもりだ。

……せっかくだから、どこかに出かけようかな。

そうだ、純平さんと一緒に行った水族館に、ナイトショー目当てで行くのもいい。

――夏にバーベキュー。

それも楽しいかもしれないな……。

私は心を揺らしながら、帰路を急いだ。

＊＊＊

月が変わって六月、作倉の最大勾留期限を迎えた。

最後の取調べに入った朝峰が、開始から一時間経って、俺に電話を寄越した。

『作倉が、指揮官の同席を要求しています』

通常、指揮官が直接捜査に入ったり、被疑者の取調べを行うことはない。しかし、同席してはいけないということでもない。

俺は、受話器を耳に当てたまま、わずかに逡巡した。

麻薬売買組織の構成員という理由で、検察は作倉を起訴する方針を固めている。役割はただの見張りにすぎず、無罪になる可能性もある。有罪でも、執行猶予付き。つまり、公判が済めば、一年……いや、半年もせず、社会復帰するということだ。

その時、歩の身が絶対安全という確証はない――。

「すぐ行く」

俺は受話器を置いて、オフィスを出た。

取調室に入ると、朝峰がスッと立ち上がった。マジックミラーの向こうの隣室には、新海を始め、数人の部下がいることはわかっている。

「瀬名さん」

俺の名を呼び、連絡してきた経緯を説明しようとするのを、軽く手で制した。

「構わん。俺にも、言いたいことがある」

それだけ言って、革靴の踵をカツカツ鳴らし、彼の隣、机を挟んで作倉の向かいのパイプ椅子を引いて腰を下ろした。

まっすぐ作倉に目線を向け、軽く顎を上げて用件を促す。

「あの女。あんたの彼女？」

彼は、歯に衣着せずに直球で質問してきた。

俺が無言で眉根を寄せるのを見て、朝峰が横から「菅野さんのことです」とコソッと耳打ちしてくる。

「答える必要性を感じない」

肯定とも否定とも言えない返事をすると、作倉が身を乗り出してきた。

「恋人だろ？　そうじゃなきゃ、刑事が道端であんなことするわけな……」

「だったら、なんだ」

俺は威圧的に声を張って、彼が続けるのを阻んだ。

「さっさと用件を済ませろ。俺は暇じゃない」

作倉は不服そうな顔をして、口を噤んだ。

朝峰が胡散臭そうな横目を向けてくるのは、咳払いで誤魔化す。

「言わないなら、俺から先に忠告する。今後、彼女の安全を脅かすような行動に出たら、俺は容赦しない」

窮屈に足を組み上げ、話題を変えるつもりで、声を低めた。

「……へえ？」

作倉が、興味を引かれたように眉尻を上げる。

「随分、あの女が大事なんだな、刑事さん」

「個人的感情で言ってるんじゃない。お前ら悪人から、善良な一般人を守る。それが、我々警察の使命だ」

「だったら、俺に説教する暇もないだろ。さっさと女のところに行ってやれば？」

やけに居丈高な態度に、俺は不快に眉をひそめた。

起訴を前にふて腐れているわけでも、開き直った様子でもない。

作倉は、落ち着きなくペロッと唇を舐めてから、

「菅野歩、二十七歳」

踏ん反り返って、やけにゆっくりねっとりと言った。

「なっ……！」

朝峰がハッと目を瞠り、パイプ椅子をガタンと鳴らして腰を浮かせる。

その反応を見て、作倉はニヤッと笑う。

「大手食品メーカーの東京本社、商品企画部第一製菓グループ所属。生まれて以来地方の地元暮らしで、この四月に上京したばかり。家族構成は、両親と祖母、嫁いで家を出ている三十歳の姉」

流暢《りゅうちょう》に語られたのは、俺すら知らない歩の個人情報だった。

俺も息をのんで絶句する。

作倉は形勢逆転とばかり、腕組みをしてふんと鼻を鳴らした。

「俺はバカだから、なかなか取引に使ってもらえなかった。報酬の少ない見張りばっか。バカでもできる簡単な仕事でパクられて、多分もう、上から見放される」

——それで、自暴自棄になっているのか？

彼の言葉だけで推測すれば、それが正解かもしれない。

しかし、歩についてそこまで調べた理由は……？

不審を超えて、警戒心が強まっていく。

「でもありがたいことに、あんた方が言う悪人は、善人よりもよっぽど絆が強い。まだ外には、俺の味方がたくさんいてさ。外に出たら、こんな俺でも助けてくれるって言うんだ」

作倉は、どこか悦に入った様子で、滔々と述べた。

〝助ける〟見返り。それは……。

「まさか」

自分の思考にゾクッとして、硬い声が口をついて出ていた。

作倉が、不敵にほくそ笑む。

「刑事に通報したりするからいけない。あの女の自業自得だ」

「それで仲間に、いや、組織に彼女の個人情報を売ったって言うのか！」

俺と同じ結論に至った朝峰が、怒声を放って立ち上がった。

他人に言われるとやけにストレートに入ってきて、俺の心臓がドクッと沸き立つ。

「だから、言ったたろ。『さっさと女のところに行ってやれば？』って」

作倉が、ニヤニヤといやらしい視線を俺に寄越してくる。

こいつ……組織を巻き込んで、報復行為に出やがった――。

「あの時、あの女が寄ってこなければ、大島さんも俺も捕まらなかった。上もカンカンだろうしな。捕まえて、人格崩壊するまで薬漬けにするのもいい。俺の想像以上に、傷めつけてくれるだろうよ」

下卑た笑い声を聞いて、全身の血管が、不快なほど激しく脈打つ。

「ああ、そうだ」

作倉はなにか思いついたというように、芝居がかってポンと手を打ち……。

「刑事の女なら、それだけで値が張る。ミッドナイトの大ボスって、かなり特殊な性癖の変態だって噂だし、『おもちゃにして、好きなようにやっちまってください』って、献上してやろうか」

「貴様あっ……‼」

腹の底から搾った声は、自分でも聞いたことがないほどドスがこもっていた。

目が血走り、視界は真っ赤。ただ、煮え滾る怒りの標的だけが、ぽっかりと浮かんで見えた。俺の手はまっすぐそこに伸び、その胸倉を掴み上げ……。

「地獄に堕としてやる‼」

「っ、瀬名さんっ‼」

朝峰に背中から羽交い絞めにされ、引き剥がされる。

バタバタと騒々しい音がして、取調室のドアが勢いよく開いた。

「瀬名さん、朝峰さんっ！」

隣室で取調べの様子を観察していた部下たちが、駆け込んでくる。刑事数人が、高笑いする作倉の脇を固めて、「お前はこっちに来い」と連れ出していく。

朝峰と新海、ふたりがかりで押さえ込まれた俺は、

「放せっ！　命令だ、放せっ……‼」

全力で腕を振って、拘束を解いた。

「瀬名さんはここにいてください！　自分が直ちに、菅野さんの保護に向かいます！」

一瞬よろけた新海が、すぐに体勢を立て直し、声を張った。

「いい、俺が行く」

短く返し、ドア口に走る俺の前に、

「瀬名さん、待ってください！」

朝峰がサッと回り込み、行く手を阻んだ。

「退け、朝峰」

「新海さんの言う通りです。瀬名さんの職務は捜査の全統指揮。現場は、俺たち刑事に任せてください」

俺に冷静さを取り戻させようと、先ほどの怒気がこもった声で窘《たしな》める。

ピタッと動きを止める俺を見て、ホッと息をつく。

「瀬名さんの今後のキャリアのためにも、ここは我慢を。申し訳ありませ……」

「俺のキャリアって、なんなんだ」

俺は顔を歪めて、安堵する彼を遮った。

「っ、え？」

戸惑ったように、聞き返される。

俺の脳裏に、いつかどこかで耳にした言葉が浮かび上がった。

『今のままで、純平さんは十分すごい人です。なのに、なんのために、もっと上に行きたいんですか』

なんのため。自分のため以外、他になにがある。

〝瀬名〟の人間なら優秀で当たり前という、警察界の固定概念的通説。俺自身の能力を、そんなもので片付けられて堪るか。自力でキャリアを築き上げ、俺の真の実力を万人に認めさせる……俺は今まで、それだけを考えて努力を重ねてきた。

――わかっている。ここはふたりに任せるべきだ。

沸騰した脳みそは冷め、冷静に判断できるのに、自分の中のなにかが、それを俺に許さない。

「たったひとりの女も守れず、なにが警察だ。キャリアがなんのためになる。……本当にな。歩……」

――ああ、そうだった。お前が俺にそう訊ねたんだ。

俯き、彼女に返していなかった答えを独り言ちる俺に、背後から近付いてきた新海が、「瀬名さん？」と探るような声をかけてくる。

俺はスッと姿勢を正し、前を阻む朝峰と後ろに立つ新海に、順繰りに目を遣った。

「大事な女に危険が迫っているのに、こんなところで足踏みしてられるか。警察官僚は現場に出るなと言うなら、キャリアなど返上してやる。……地の底まで、転がり落ちてやろうじゃないか」

ギリッと奥歯を鳴らす俺に、ふたりが息をのんだ隙を突き――。

「っ、瀬名さんっ！」

俺は朝峰を押し退けて、取調室から飛び出した。

＊＊＊

土曜日、午後九時。

イルカのナイトショーを観に、夕方から水族館に行った帰宅途中、私は何度となく背後を窺った。

休日の夜、駅からマンションまでの道が、こんなに人気がなく、静かだなんて。

今、数メートル後ろを、女性がひとり、スマホで電話しながら歩いているだけだ。誰かに見られているような視線を感じたのは、つい昨夜のこと。そのせいで、女性の足音とか話し声とかに、神経を尖らせてしまう。

嫌だな。どこまで方向、一緒なんだろう……。

失敗したな。夜、ひとりで出かけるんじゃなかった。

ショーはとても楽しかったのに、今さらの後悔に襲われる。

作倉という男の人の時は、尾けられていると絶対の自信があったから、迷わず助けを求められたけど、今のこのぼんやりした危機感をどう説明していいかわからない。

女性のヒールの音が、人通りのない夜道でやたら響くのが、不安を煽る。

マンションまで、直線距離で百メートルほど。ここから走ってしまおうか……。

心を揺らした時、前方の角を曲がって、白い軽自動車がこちらに走ってきた。

邪魔にならないよう、道路の端に寄る。車一台が通るには十分な幅があるから、そのまま通り過ぎると信じて疑わなかった。

ところが、軽自動車は幅寄せしてきて、私のすぐ横で停まった。

予想外の事態に、心臓が口から飛び出そうなほど跳ね上がる。

助手席の窓がゆっくり下がって、短髪の男の人が顔を出した。

「すみません」

「は、はい」

ドキドキと早鐘のように打つ胸に手を当て、返事をした。

「道に迷ってしまって。教えてもらえますか」

「え？」

なんだ、道を聞かれるだけだったのか……。驚きすぎな自分が滑稽で、きまり悪い。

「すみません、私もあまり詳しくないんですけど……」

気を取り直して一歩前に出ると、車内の様子も目に飛び込んできた。

運転席にいるのも、男の人。

そして——カーナビは、ちゃんと装備されている。

「あれ……？」

一気に不審な思いが膨らむと同時に、このふたりに既視感を覚えた。

昨夜私を追い越していった、サラリーマンの姿が網膜に浮かび上がる。

「っ……」

私は、弾かれたように、軽自動車から離れた。

頭の中に警報音が鳴り響き、今度は迷わず走り出そうとして……。

「怪我したくなきゃ、暴れないで。大人しく乗りなさい」

短いやり取りの間に、後ろを歩いていた女性が車の後部から回ってきて、目の前に立ち塞がっていた。

真正面から向かい合ってみて気付く。昨夜見たカップルの女性。みんな、昨夜……。

──この人たちは、仲間だったってこと？

つまり、私はすでに昨夜、この人たちに包囲されていたんだ。

「……っ！」

確かな身の危険の予感に、頭にまで鳥肌が立った。

──逃げなきゃ。

閃光《せんこう》のように脳裏を貫いた、今私が取るべきたったひとつの行動。

考える余裕もなく、回れ右をしようとして、私はギクッと身体を強張らせた。短髪の男性が助手席から降り、ドアと自分の身体で私の行く手を阻んでいる。

「大人しく乗れ。二度言わせるな」

威圧的に見下ろされ、背筋に嫌な汗が伝った。

足を竦ませる私の後ろで、女性が後部座席のドアをスライドさせる。

「ほら」

「あっ……！」

男性の手で乱暴に押し込まれ、私は狭いシートに転がった。

後から女性が乗り込み、バタンと音を立ててドアを閉める。

「よし。早く出せ！」

男性が助手席に戻り、短く命令したけれど、車は動かない。私はガタガタ震えながら、身体を起こした。いつの間にか、フロントガラスの向こうに黒いベンツが停まっていた。車が発進しなかったのは、通せんぼされていたからだ。

「くそっ、邪魔な」

運転席の男性が、苛立ちも露わに、けたたましいクラクションを鳴らす。だけど、ベンツはビクとも動かない。それどころか、運転席のドアが開いて、人が降りてきた。

月明かりの下、弱い街灯に照らされ、青白く揺れる影。

「警察だ。全員降りろ！」

静かな怒りを滲ませた能面のような顔の横に、上着のポケットから取り出した革手帳をぶらんと下げ、こちらに向かってくるその人は——。

「じゅ、純平さん‼」

私は藁《わら》にも縋る思いで、その名を叫んだ。

急いで車から降りようとして、運転席側の後部ドアを開ける。

その途端、

「なにしてんのよっ！」

隣の女性が、私の首に後ろから腕を回して止めた。

同時に、車が勢いよく発進する。

「ひゃっ……」

シートに吸い込まれるような感覚に、思わず首を縮めた。

それでも無我夢中で外を見ると、純平さんがアスファルトの上をゴロゴロと転がって、後方に遠退いていく。

「純平さ……！」

「ひ、轢《ひ》いたの⁉」

全身の肌をゾワッと粟立たせる私の耳元で、女性が上擦った声をあげた。

「そんなこと気にしてる場合じゃねえっ」

運転席の男性が、金切り声で怒鳴る。

「やだ、停め……うっ……」

激しい衝突音と共に、身を襲った激しい衝撃で、首が前後に揺さぶられた。

私を乗せた軽自動車は、無人のベンツを力任せに退かそうとして、ためらうことなくガンガンぶつかっていく。ベンツは右に寄りながら後方に押しやられ、軽自動車が通り抜けられるくらいの隙間ができた。

その時。

「歩っ‼」

純平さんの声が、薄暗い通りに響き渡った。

私はハッとして、バックガラス越しに彼の姿を捜した。

純平さんは、そこに立ち上がりながら……。

「飛び降りろ、歩っ‼」

鋭い声に導かれ、私は女性の腕に思いっきり噛みついた。

「ぎゃっ！」

踏んづけられた猫のような悲鳴と共に、拘束が緩む。その隙を逃さず、グンと加速度を増す軽自動車から、ためらいなく飛び降りた。

鈍い痛みを覚悟して、無意識にギュッと目を瞑り、歯を食いしばる。

次の瞬間、私はゴロンゴロンと地面を転がった。一瞬、前後左右の感覚も飛んだ。

けれど、アスファルトに叩きつけられた衝撃が収まっても、覚悟した痛みは一向に訪れない。

「……？」

恐る恐る顔を上げると、純平さんが私の下敷きになって、顔を歪ませていた。

「うっ……」

「じゅ、純平さんっ‼」

私が地面に叩きつけられる寸前で、彼が庇ってくれたのだと、一気に理解が繋がる。

「純平さん、どこか怪我……！」

「騒ぐな。このくらい大したことない。警察の身体能力を舐めるな」

純平さんは顔をしかめながら、地面に肘を突いて上体を起こすと……。

「お前は？　どこか痛いところは？　アイツらに、なにもされてないか⁉」

一転して、堰を切ったように、矢継ぎ早に訊ねてくる。

いつもクールで落ち着き払った彼の、らしくない取り乱し様が、私を本気で心配してくれた証の気がして、胸にグッときた。込み上げるものを感じて、言葉が詰まる。

泣きそうになるのを必死に堪えて、何度も頷いて応えるのが精一杯だった。

「……よかった……」

純平さんは吐息混じりに呟き、ガクッと脱力した。

「お前を見つけるまで、生きた心地がしなかった……」

地面に座り込んで、大きく深い息を吐く。

うなだれて、ガシガシと頭を掻くのも、私の無事を確認して、心底から安堵しているのだとわかる。

どうしようもなく、きゅんとした。

なんかもう――。

偽装花嫁でも、ペットでもおもちゃでもなんでもいい。

それでいいから、私は純平さんのそばにいたい。

「純平さ、私」

昂る感情で、声が喉に引っかかる。

それでも、言わなきゃ。

純平さんがそばにいてくれる今、言わないと。

両手で、彼の胸元のシャツを握りしめた。

「私、純平さんのこと……」

気を逸らせて伝えようとした想いは、最後まで声にならなかった。

純平さんが私の頭の後ろに手を回し、強く自分の方に引いて、唇を塞いだせいだ。

「！　っ、ん」

驚きで目を瞠る私に構わず、長い睫毛を伏せ、いつになく急いた様子で私の唇を貪ってくる。

「ふあっ……純平さ……」

久しぶりの艶かしいキスで、息ができない。彼の方から唇を離した時、私は胸を上下させるほど、呼吸を乱していた。

「なん、ど……」

無意識に、行動の意味を問いかけると。

「俺はお前が好きだ」

キスで濡れた唇が、そういう形に動くのを見た。

「……え？」

それでも耳を疑って、呆然と聞き返してしまう私に、彼は切なげに目を細める。

「認めるのも悔しいが、好きなんだお前が。狂おしいほどに」

言葉通り不服そうに、焦れた様子で、私をギュッと抱きしめた。

「もっともっと可愛がってやる。愛してやる。俺が絶対守ってやるから、俺から逃げるな。俺のもとにいろ」

力強く優しい温もりに、全身が包み込まれる。

久しく遠ざかっていたけれど、忘れはしない。

身体に、肌に、すべての感覚の奥深いところまで刻み込まれた、なによりも大事な人の体温――。

「純平、さ」

津波のように押し寄せる、熱い想いで胸が詰まった。

私は、ひくっと喉を鳴らして――。

「わた、私も、純平さんが好きです」

彼の背中に両腕を回し、その胸に頬を擦り寄せながら、やっとの思いで言葉にした。

「私の方が、もっと前からずっと好き。大好き。大好きですっ……!」

涙にのまれ、情けない泣き声になってしまったけど、私の想いは彼の心に直接届けることができたようだ。

「そうか。……ありがとう」

私を掻き抱く腕に、痛いくらいの力がこもる。

苦しいのに、それすらも幸せで堪らなくて――。

「ふっ、ふえ……」

感極まって、子供みたいにしゃくり上げた。

「バカ、泣くな」

純平さんが、私の頬に手を添え、上を向かせる。

涙でグショグショで、決して見れたものではない泣き顔に、彼も困ったように眉尻を下げ、

「それ以上泣くと、ブサイクになるぞ」

ムードぶち壊しで残念な意地悪を言いながら、額に目蓋、頬に鼻先に、小さくチュッとキスを落とす。

最後に唇に降りてくると、先ほどよりももっともっと濃厚に絡み合った。

必死に呼吸に集中したおかげで、涙も止まった。

まだ掠めそうなほどの至近距離で、まっすぐ見つめ合う。

少し落ち着きを取り戻すと、道路の真ん中で何度も好きと言ったことや、いっぱいキスしたことが、照れ臭くて仕方ない。

「え、えと……あの」

思わず目線を彷徨わせると、ボンネットがへこんだベンツが視界に入った。

途端に、我に返る。

「あ！　純平さん、あの人たち」

「大丈夫。逃がしはしない」

純平さんも、私がなにを気にしたかお見通しだ。「よっ」と掛け声をかけてその場に立ち上がり、私にも手を貸して立たせてくれた。

「この先には、俺の部下の車が待機している。あの軽、フロントペシャンコだし、今頃引き摺り下ろして、職質しているはずだ」

その言葉が正しいことを証明するかのように、彼の上着の胸ポケットで、着信音が鳴った。私が見上げる中、純平さんはサッとスマホを取り出し、「瀬名だ」と短く応答する。一瞬にして、厳しい警察の顔を取り戻し、何度か相槌を打った後、電話を切ってポケットに戻した。

その間、固唾をのんで見守っていた私を、顎を引いて見下ろし、

「三人とも、作倉の仲間の構成員だ。全員、身柄を拘束した」

淡々と教えてくれた。

「ほんとに？　よ、よかった……」

心の底からホッとして、胸を撫で下ろす。だけど、純平さんの表情は和らがない。

むしろ、複雑そうに歪めて、顎を摩ってなにか逡巡している。

そんな様子に、また新たな不安が湧いてくる。

「あの……純平さん？」

上目遣いで、探るように名前を呼ぶと……。

「お前にも、事情を聞きたいんだが」

「！　はい、もちろんです！」

事件解決のために当然の要求なのに、どうして歯切れが悪いんだろう。

「今から、警視庁に行きますか？」

思い切って自分から促してみる。

純平さんは、無言で何度か首を縦に振って、

「お前の聴取は、俺が行う」

それだけ言って、踵を返した。

「っ、え？」

「無様な車で悪いが、乗ってくれ」

肩越しの視線で私を促し、自分は颯爽と運転席に乗り込んだ。

娶られる

〝事情聴取〟と言われたから、車が向かう先は警視庁だと信じて疑わなかった。

ところが、外の風景は、私にも馴染みのある閑静な住宅街に変わっていき……。

「っ、えっ？」

ボンネットがへこんだベンツは、純平さんのタワーマンションの地下駐車場で停まった。現状を把握しようと、きょろきょろと辺りを見回しているうちにエレベーターに乗せられ、私は一分も経たずに、彼の部屋の玄関に足を踏み入れていた。

「じゅ、純平さん？」

戸惑って、何度も瞬きをする私の背中で、純平さんが後ろ手にドアを閉める。

しっかりと施錠する音を聞いた、次の瞬間――。

「⁉」

いきなり後ろから抱きしめられ、思わず身を捩った。

純平さんは構うことなく、覆い被さってくる。

「ひゃっ！」

私は彼もろとも、廊下に倒れ込んでしまった。

彼が私の後頭部を手で支えてくれていたから、ゴツンとぶつけずには済んだものの。

「いきなりなにをするんですかっ……」

繰り出した抗議は、ドキッと跳ねた心臓のせいで尻すぼみになった。

純平さんは、四つん這いになって、私を囲い込んでいる。真上から、深く澄んだ黒い瞳で、まっすぐ射貫いてくる。

その瞳の奥底に、確かな情欲で揺れる光を見つけて、いやがおうでも胸が高鳴った。

「純平さ……事情聴取なんじゃ？」

自分の速すぎる心拍が落ち着かず、微妙に目を泳がせながら訊ねた。

「ああ。もちろん、後でやる」

純平さんも頷いて返事をしてくれるけれど。

「そんなことより、先にお前を抱きたい」

悪びれずに言うが早いか、首筋に顔を埋めてきた。

「⁉　ちょっ……純、あ、んっ……」

彼の唇が肌を這う感触と、熱い湿った吐息にゾクッとして、思わず声が漏れた。

「こういうことはやめようと言われたが、今日からお前は俺の女なんだから、問題ないだろう？」

相変わらず傲慢で不遜な言い草も、それほどまでに私を欲しているからだと思うと、どうしようもなく胸が疼く。思わず口ごもったのを〝ＯＫ〟と解釈したのか、純平さんは早速、大きな手で私の胸を包むように覆った。

男の人にしては細く長い指に力がこもり、服の上からむにっと揉まれる。

「あっ、や、待っ……」

一番敏感なところを探り出し、親指の腹で擦られ、背筋がゾワッと戦慄いた。

「で、も。先に、お仕事……」

声が外に漏れるのを気にして、腕で口を塞いだ。

「一回抱いてからじゃないと、とてもじゃないが集中できない」

「集中って、そんなっ……」

――言葉は挟んだけれど……嬉しい。

心の中で揺れ動いていた天秤《てんびん》が、理性を上回って本能の方に大きく傾いた、その時。

「っ、ひゃっ⁉」

額になにかふにゃっとしたものを感じて、私はひっくり返った声をあげた。

「ん？」

純平さんもつられて、顔を上げる。

「な、なんか私、おでこ踏まれた……」

私はその正体を掴もうと、頭上に目線を動かし、

「……あ」

「えっ、ね、猫っ……!?」

口元に手を遣って小さく呟く彼を押し退け、起き上がった。

廊下に正座して、長い尻尾をピンと立てる黒い子猫と、改まって対峙する。

「にゃあ」

忙しなく瞬きをする私の前で、子猫がつんとお澄まし顔で、か細く鳴いた。

「かっ……可愛いっ」

私は夢中になって両手を伸ばし、子猫を抱き上げた。

「え？　え？　純平さん、この子どうしたんですか？」

興奮で声を弾ませながら振り返る。

「ああ……」

純平さんはザッと前髪を掻き上げると、やや視線を横に流して……。

「交番に届けられた、遺失物だ」

「捨て猫？」

「さあ。……まあ、いろいろ事情があって、うちで預かっている」

「！　そうなんですね。なんか、意外……」

前に桃子と、純平さんは、癒しを求めてペットを飼うようなタイプじゃないと話したことがあった。そうじゃなくても、仕事も忙しいし、世話をするのも大変だろうに。

「毛並みもいいし、目やにもないし。純平さんに、ちゃんとお世話してもらってるんだ。よかったね～、子猫ちゃん」

大事にされている子猫が羨ましくなり、以前私も朝峰さんに、『瀬名さんの愛玩子猫ちゃん』と呼ばれたことを思い出す。

「ええと……名前はなんていうんですか？」

なんだかちょっと複雑な気分になって、子猫の名前を訊ねた。

純平さんは無言で、私の目の前にドスンと腰を下ろした。

「飼い猫かもしれないだろう。名前はつけていない」

「ええっ。でもっ……」

私は、胸元の子猫と彼に、交互に視線を向けた。

「まさか……純平さん、この子猫のことも、『おい』とか『お前』とか呼んでるんですか？」

「え？」

純平さんが虚を衝かれた様子で、目を丸くする。

「え？じゃないですよ！」

私は、子猫を抱いたまま、その場にスッと立ち上がった。

「そうだ。私も、純平さんに名前で呼んでもらったこと、数えるほどしかないです！」

純平さんは、俄然勢いづく私を、呆気に取られたように見上げているけれど。

「私、今日から純平さんの彼女になったんですよね？　だったら、ちゃんと〝歩〟って呼んでください！」

「……にゃあ」

「これからは、『おい』とか『お前』じゃ、返事しませんからね。〝歩〟って呼ばれた時以外は……」

「にゃああっ」

子猫が、やけに反応して鳴く。

「ん？」

私は当惑して、顎を引いて胸元の子猫に目を落とした。

「……〝歩〟？」

「にゃあん」

ちょっと吊《つ》り上がった黄色い目が、私を見上げている。

私がきょとんとして、何度も瞬きを繰り返していると……。

「〝歩〟じゃない。〝鮎《あゆ》〟だ」

純平さんが勢いよく立ち上がって、私の腕から子猫を摘まみ上げた。

「あ、あゆ？」

「魚の〝鮎〟。お前の言う通り、『おい』にも『お前』にも反応しなかったから、とにかくなにか呼び名を、と。昼に鮎の塩焼きを食べた日だったから……」

「でも……〝鮎〟に反応してくれませんけど？」

言ってる途中でくるっと背を向けてしまった彼に、ツッコみを入れてみる。

グッと口ごもった気配を感じ、彼の前にそっと回り込んだ。

「鮎？」

私は、彼の腕にいる子猫の眉間を指先で撫でながら、探るように呼びかけてみた。

子猫はゴロゴロと喉を鳴らすだけで、鳴き声を聞かせてくれない。

「……歩？」

今度は、「みゃあ」と反応してくれた。私は正解を求めて、目線を上げる。

「…………」

純平さんが、黙ったまま、大きな手で顔を覆い隠すのを見て……。

「やっぱり、〝歩〟なんですよね⁉」

子猫が律儀に「にゃあ」と鳴くのを聞きながら、彼の腕に手をかけて言い募った。

「……違う」

なのに純平さんは、この期に及んで、まだ悪足掻きをする。

「違うって」

「違う。本当に。……俺が口にするのを聞いて、そいつが勝手に自分の名前だと思い込んでるだけだ」

「え。それって……」

——子猫が自分の名前だと思い込むくらい、私の名前を呼んでくれたってこと？

私は、そばにいなかったのに。……いや、そばにいないから、こそ？

「っ！」

頬がカアッと熱くなり、身体がのぼせる感覚に陥る。

その方が、ずっとずっと嬉しい……！

思わず両手で頬を押さえる私から身体を背け、純平さんは子猫を床に下ろした。

尻尾を振って歩く猫の横を追い越し、廊下を先に進んでしまう。

「あ」

慌ててその背を追った私を、リビングに入ったところで、身体ごと振り返り……。

「別に、もったいぶってるとか、意地悪したいとか、そういうつもりじゃない」

随分と不本意そうな顔で腕組みをして、見下ろした。

「だが、お前があんなこと言ったせいで、面と向かって呼ぶには、妙に力むんだよ」

「あんなこと、って」

「……エッチなことする時しか、って」

口元を覆い隠して続けた声は、聞き取りづらいくらいくぐもった。

「え……？」

「お前を抱く時、俺がどれほど夢中になっていたか……遠慮なく指摘されては、どうにもむず痒《がゆ》い」

半分やけっぱちみたいに、早口で言い捨てられる。それでも、私の胸は手の施しようがないほど、きゅうんと疼いた。

「……へへっ」

彼が言うのと同じむず痒さを感じて、私ははにかんで笑った。

「なに笑っていやがる」

純平さんは、忌々しげに眉根を寄せたけれど、そんな反応すら愛おしい。

「でも」

私は彼の胸に抱きつき、そこから上目遣いに見つめた。

「これからは、普通に呼べますよね？」

純平さんが、意表をつかれたように口を噤む。

だけど、すぐにニヤリと口角を上げ、

「だったら、四六時中俺を夢中にさせるんだな」

開き直って、やけに不敵に挑発してくる。

「⁉」

私が思わず返事に窮するのを見て、ふんと鼻で笑った。

「まあ、無理はするな。仕事中までお前のことを考えるようになったら、俺も困る」

今の言い方……。自分に都合よく解釈してみると、今も仕事中以外は、私のことを考えているって、そう聞こえるんですけど⁉

でも、私のことを『好き』と言ってくれた後なら、少し自惚《うぬぼ》れてもいい気がする。

嬉しすぎて、顔がにやける。

純平さんは、締まりがなくなっていく私の顔を、気味悪そうに見ていたけれど。

「もういいだろ。歩、抱かせろ」

どこまでも俺様な言い様にも、私の足元の子猫が反応して、「にゃあ」と鳴く。

「……お前じゃない」

苦い顔をして、子猫にも容赦なくツッコむ彼も、とてつもなく愛おしい。

今、私が、純平さんにどれほど求められているか。幸せで嬉しくて、抗えるわけがない。

「純平さん。愛でてください……」

私は爪先立ちになって、彼の首に両腕を回した。


「……そうか」

温かく甘い温もりに包まれ、心地よく微睡《まどろ》んでいた私の聴覚が、なにかを憚るような低い声を拾った。

「わかった。遅くまでご苦労」

労いの言葉が続くのを聞いて、身体をモゾッと動かす。

目を擦りながら布団から顔を出すと、純平さんは汗でしっとりした引き締まった胸元を露わに、ベッドに足を伸ばして座っていた。

その左手にはスマホ。どうやら、仕事の電話をしていたようだ。

私が目を覚ましたことに気付かず、右手で私の頭を撫でている。優しい仕草に、胸がきゅんとして、ときめいてしまう。

無意識に彼に身体を擦り寄せると、「ん？」と、頭上から短い声が降ってきた。

「続きは明日聞く。お前たちも、今夜はそのくらいで切り上げろ。じゃあ」

私が起きたのを察したようで、そんな言葉で会話を終えて電話を切った。

「ふう」と息をつくのが聞こえて、私はもう一度布団から顔を覗かせた。

純平さんは、用を終えたスマホをジッと見つめ、軽く身を捩ってサイドテーブルの上に置く。

「起こしたか。すまない」

「いえ。あの……大丈夫ですか？」

「あの三人の器物損壊容疑で、俺の車を調べたいと言ってきただけだ。取調べはこれからで、報告じゃないから問題ない……それより」

一度言葉を切ると、私の頭に腕を回して自分の太腿の上にのせた。

「身体、辛いだろ。横になってろ」

「はっ、はい……」

ご指摘通り、彼にたっぷり愛でられた後で、全身が幸せな気怠さに支配されていた。

まさかの膝枕に胸きゅんと緊張で、心臓がドキドキうるさくて落ち着かない。

なのに、純平さんの方はいつもと変わらない涼しい顔だ。

「さっきお前から聞いた話は、伝えておいた。不足があれば、また話を聞くことになるかもしれない」

私の髪を撫でながら、なんとも冷静に説明してくれる。

「は、はい。もちろんです」

甘く濃厚な情事の後——ピロートークは、後回しにされた事情聴取だった。

聞かれたことに答えるには、つい数時間前、誘拐されかけたという事実に直面せざるを得ず、改めて恐怖が込み上げてきた。でも、純平さんが抱きしめていてくれたから、身体の震えは止まった。彼の声がとても落ち着き払っていて、淡々とした口調だったのも、私の身に刻まれた確かな恐怖心を和らげてくれた。

なにか、悪い夢でも見ていたような……そんな気分になって、ぼんやりと夢物語をしている感覚に陥り、そうしていつの間にか眠ってしまったようだ。純平さんに電話がかってきたのも、全然気付かなかった。

「すみません。大事な話で、寝落ちしたりして……」

恐縮して謝ると、吐息混じりの笑い声が返ってきた。

「こちらこそ。さんざん鳴いて疲れた後に、無粋な話をしてすまなかった」

「！」

ひと言余計な前半がなんとも意味深で、私は思わず息をのんだ。

純平さんは、声を殺してくっくっと笑う。

恥ずかしくて、身体も脳みそも茹で上がってしまいそう——。

「あっ、あの三人が捕まったなら、組織の検挙に向けて大きく一歩前進ですね！」

なんとか話題を変えようと、私は上擦った声で挟んだ。

『ああ』という肯定の相槌を期待していたのに、純平さんは口を噤む。

「？　純平さん？」

そんな反応が訝しくて、私は窺うように目線を上げた。

「それなんだが……お前に、もうひとつ謝罪しておかないといけない」

私の頭から手を離し、顎を撫でながら歯切れ悪く言うのを聞いて、ゆっくり上体を起こす。

「……なんですか？」

布団を胸に抱きしめて彼の隣に同じ姿勢で座り、警戒しながら促した。

純平さんは、私には目を向けずに、わずかに逡巡する様子を見せたけれど。

「あの三人は、お前の個人情報を、作倉と共有していた」

言いづらそうに、口を開いた。

「っ、え……」

「作倉は、自身が見張りに就いた取引で大島が逮捕されたことで、組織から見捨てられた。お前を逆恨みして、仲間と共謀して報復を企んだ。組織に売る目的で、お前の個人情報を調べていたようだ」

「！」

言わんとするところを理解して、私はひゅっと喉を鳴らして息をのんだ。

「もう安全などと高を括ったせいで、誘拐未遂なんて怖い目に遭わせてしまった。あの男が、そこまでのクズと見抜けなかった俺のミスだ。すまない」

純平さんはキビキビと言って、頭を下げる。

「い、いいえ。純平さんのせいなんかじゃ……」

とっさに、そう返しはしたものの……。

私の個人情報は、あの三人だけじゃなく、売買組織に漏洩《ろうえい》された。

ということは、私はまた、昨夜みたいな怖い目に遭うかもしれない——？

思わず、ゾクッと身震いすると。

「そうならないように、お前の保護を継続する必要があると考えている」

純平さんが、私の思考を先回りして告げた。

私は、条件反射で、何度も首を縦に振って同意を示し、

「おっ……お願いしますっ……」

膝に額がつく勢いで、頭を下げた。

「話が早くて助かる。今夜から、俺の家に戻ってこい」

「はいっ」

一も二もなく即答して、ゆっくり顔を上げると、こちらをジッと見つめていた彼と、真正面から視線がぶつかった。

彼の黒い瞳が、思いのほか厳しくて、

「あの……？」

怯みながら、探るように問いかける。

「躊躇なく即答して、いいのか？」

「っ、え？」

「……〝偽装結婚〟。今度はいつまで続くかわからない」

低い声で鋭く諭され、心臓がドクッと沸き立った。

「前回のように、下っ端ひとりの身柄を拘束して終わりじゃない。売買組織を検挙するまで、お前の身の安全を保障できない」

純平さんが、その強烈な目力で私を捕らえたまま、薄い唇を動かす。

「っ……」

私は身が引き締まる思いで、無自覚のうちにゴクッと唾をのんだ。

「いや。ミッドナイト本体を完全壊滅するまで、と言っていい」

ミッドナイト――。最初に、聞いた。純平さんたちが、インターポールと連携して捜査を進めている、東南アジア諸国に多くの拠点を持つ、国際麻薬密売組織だ。

前回の比じゃない。私が直面している現実は、想像を遥かに上回るスケールなのだ。

「すっ、すみません！　私だけじゃなく、純平さんにも負担が大きいですよね」

『保護を継続する』と言ってもらえたからって、『お願いします』なんて即答してしまったことに、今さら恐縮した。

「そうだな。何年かかるか。俺もいずれ出向を終えて警察庁に戻るし、下手したら、俺が生きているうちに解決できるかもわからない」

肯定されて、私は肩も首も縮める。

「あの、私、前回以上に偽装妻、頑張りま……」

「だから」

純平さんは、早口で捲し立てる私の顎を、くいっと指で持ち上げながら遮った。

強引に目線を合わせられ、ドキッとする私に……。

「〝偽装〟じゃなくて。……いっそ、本当に結婚するか？」

「……へ」

特段表情も変わらず、口調も淡々としていたから、一瞬なにを言われたのかわからなかった。私はポカンと口を開けて、彼を見つめた。

「警察官僚と偽装結婚という背徳感を楽しみたいと言うなら、もう少し付き合ってやってもいいが、今回も限りなく真実に近付ける。それも、一年二年の話じゃない。一生になるかもしれないのに、偽装を続ける必要もないだろ」

純平さんはどこかぶっきら棒に言い捨てると、私からぎこちなく目を逸らした。

「……返事は？」

呆然としている間に、返事を促してくる。

「っ、は……」

条件反射で『はい』と答えてしまいそうになるのを、私はすんでのところで踏み止まった。

「そっ。それ、プロポーズっていうんじゃないですか⁉」

「うるさい。大声出すな」

声を裏返らせてツッコみを入れる私に、彼は遠慮なく顔をしかめ、わざわざ耳を塞ぐポーズをして見せる。

「だって！　プロポーズって、普通は一生に一度でしょう？　今のが、人生で最初で最後なんですよ⁉」

「大袈裟だろ」

「なのに、『いっそ』だなんて。酷い。酷すぎる……」

聞く耳を持たずに声を詰まらせる私に、きまり悪そうにガシガシと頭を掻いた。

「酷い、酷い」と呪文みたいに繰り返す私を、鬱陶しそうに見遣っていたけれど。

「……嫁に来い」

ものすごく不本意そうな顔で、私の頬を手の甲でくすぐりながら、言い直した。

私が思わずひくっと喉を鳴らすと、

「本当に、結婚しよう。……これでいいだろ」

ちょっとふて腐れたように言って、プイと顔を背けてしまう。

不機嫌ではなく、多分相当照れ臭いだけだというのは、私でも見抜くことができた。

猛烈に胸がきゅんとして、鼓動は一気に加速していく。

『はいっ！』と力いっぱい返事をしようとして、喉まで出かかった言葉をのみ込んだ。

「……おい？」

言わせておいて黙り込む私が不服だったのか、純平さんがこちらに視線を戻し、不審げに呼びかけてくる。

「あの……先に確認しておきたくて。純平さんは、そう望んでくれてますか……？」

「え？」

質問の意図を図るように、眉根を寄せる。

「だって。あの時私が、純平さんに電話したりしなかったら」

「？」

「私に巻き込まれなかったら、こんな形で結婚なんて言わずに済んだんじゃ……」

「『結婚しよう』なんて、一生言わなくても生きていける言葉、望んでないのに言うわけないだろうが」

嬉しいくせに、真意を探って揺れる私に、純平さんは深い溜め息をついた。

「俺はお前に、人を疑うことを覚えるべきだと思っていたが、それでいい。お前は、一生そのままでいろ」

「っ、え……」

「それは、お前の美徳だ。俺はお前を騙《だま》さないし、裏切らない。だから安心して、未来永劫《えいごう》、俺を信じてそばにいろ」

不敵に眉尻を上げ、それでいてなにかむず痒そうな複雑な表情を浮かべて、私の額をパチッと指先で弾く。

「痛っ……」

「返事。さっさとしろ」

思わず両手を額に当てた私に、先ほどとは打って変わって〝即答〟を求めてくる。

それもまた、らしくなく焦れているからだと見抜けてしまい――。

「は、いっ……‼」

私は今度こそしっかり返事をして、感極まって彼に抱きついた。

「ふ、不束者ですが、どうか末永く……」

「そういう、通り一遍な挨拶はいい」

純平さんが、強引に唇を重ねて遮る。

「ふあっ……」

一度は火照りが引いた身体が、いやらしく音を立てるキスで、再び熱を帯びる。

すると、彼の方から唇を離してしまった。

「あ……」

もう少しで、なにかに昇り詰めるところだったのに。

寸前で断ち切った意地悪な彼を詰るように、濡れた唇を目で追っていると。

「……お前、エロいな」

純平さんが、口元を手の甲で拭いながら、ニヤリと笑った。

「え？」

「腰、揺れてるぞ」

「……っ！」

私が、お腹の奥深いところが切なく疼く感覚に、無意識に膝を擦り合わせていたのを、完全にお見通しだった。頭のてっぺんから湯気が立つほど顔を茹だらせる私に、くっくっと愉快げに声を弾ませる。

「奇遇だな。実は俺も、まだ足りないと思っていた」

「た、足りないって……ひゃっ」

言葉を挟む私の方に身を捩り、全体重で覆い被さってきた。

彼の下で、ジタバタと足を動かす私の耳元に唇を寄せ——。

「お前を抱くのはひと月ぶりだからな。一度で足りるわけがない。今夜は、朝まで抱き潰す」

「‼」

忘れたわけじゃないけど、改めて思い出した。

純平さんって、真正のドSだった……！

その彼が口にする『抱き潰す』は、嬉しいよりも恐ろしいの方が正解なのに。

しっとりした肌が再び密着しただけで、私の背筋は確かな期待でゾワッと痺れた。

＊＊＊

翌、日曜日。

昨夜逮捕した三人に対し、歩の誘拐未遂、そして逃走の際、故意に俺の車にぶつかり、破損させた器物損壊罪、道交法違反、さらには公務執行妨害という多重容疑で、取調べを開始した。

そちらはそれぞれ部下に任せ、俺は応接室で、作倉の担当検察官との面談に臨んだ。

「なるほど。個人情報保護法違反の容疑でも、追起訴が必要ですね。それから、取調室での発言については、当該女性への脅迫罪も問える」

「ええ。よろしくお願いします」

俺はそう言って、軽く頭を下げた。

ほんの十五分で面談を終え、検察官と並んで応接室を出る。エレベーターホールまで見送り、検察官を乗せた箱が閉まると同時に、軽く肩を解しながら声に出して息を吐いた。オフィスに戻るために、廊下を引き返そうとする。

そこにちょうど、別のエレベーターのドアが開き、

「あ、瀬名さん。お疲れ様です」

「ん？　ああ」

足を止めて振り返った先には、朝峰がいた。

「俺の車の検分は済んだか？」

彼が隣に並ぶのを待って再び歩き出し、報告を求める。

「ええ。そのまま、修理に出しておきました」

朝峰はそう言って、なにやら不敵に口角を上げる。

「相手が軽自動車だったおかげで、大破とまではいきませんでしたが。さすがにああまでひしゃげると、ベンツも可哀想ですね」

「なにが言いたい」

「せめて、覆面使えばよかったのに。修理代、相当かかりますよ。もったいない」

彼がなにを言わんとしているか、もちろんわかっている。

昨夜、彼や新海の制止を振り切って、自ら歩を助けに向かった俺への皮肉。

彼らが口にしたのは、正論だ。

〝公私混同〟〝職務放棄〟……。

俺自身の手で歩を救うために持ち場を離れる以上、自分の車を使うしかなかった。

「金の問題じゃないだろ」

俺は、ふんと鼻を鳴らして一蹴する。

朝峰が、『やれやれ』というように、ひょいと肩を動かした。

「……俺、子供の頃からよく知ってるつもりでしたが、あんな瀬名さんは初めて見ました」

しげしげと話し出すのを耳にして、俺は無言で目線だけ彼に向ける。

「瀬名さんは、警察官僚になるために生まれてきた男だと、誰もが認める。だからこそ、瀬名一族と一括りにされることを、疎んじている。これまでずっと、自分のキャリアにしか興味がなかった人が。たかが女を盾にされたくらいで、あんなに荒れるとは意外でした」

「……たかが、か。確かにそうだな」

揶揄されているとわかっているから、俺は自嘲気味に口元を歪めた。

しかし、歩を盾にされたあの瞬間の、腸が煮えくり返るほどの烈火の如き怒りを、俺は恐らく一生忘れられないだろう。

昨夜の一連の事件により、作倉を有罪に導くことは可能だ。だが、数年の実刑判決では足りない。俺にとっては、歩に対するあの暴言だけで、極刑に値する。

絶対不可能だと承知していても、身内にいる裁判官を利用して、永久に刑務所にぶち込んでやりたいくらいだ。

「まあ……昨夜、瀬名さんは退勤後、菅野さんが連れ去られそうになっている場に、たまたま出くわしただけ。取調室で暴れたくらいじゃ、キャリアにも影響ないですけどね」

〝退勤後〟と〝たまたま〟にやけにアクセントを置いて、飄々《ひょうひょう》と語る彼を視界の端に映し、俺は無言で、ふっと吐息を漏らした。

朝峰が、顔をまっすぐ前に向けたまま、視線だけ俺に流してくる。

「……で。菅野さんは、無事取り戻せたんですか？」

「昨夜、彼女から聴取したことは、電話で伝えただろう」

「そういう意味じゃなくて」

俺のすげない返事を聞いて、クスッと小さく笑った。

「彼女の身代わりに、猫を愛玩するほどロスってたんでしょう？」

俺はわずかに首を捻り、彼の方に顔を向けた。

微かに口角を上げ、

「俺とお前は、現在警視庁庁舎内で業務中だ。業務に関係のない質問に対しては、一切返答を拒否する」

努めて冷淡な目をして、会話を寸断する。その場に立ち止まり、パチパチと瞬きを繰り返す朝峰を置いて、大きな歩幅で先を急いだ。

まあ、誤魔化したところで、従弟でもある彼に、歩との婚約を隠し通せはしないが……。

今、これ以上追及されたら、余計なことを言って墓穴を掘れる自信がある。

地味に浮き足立っている自覚があるから、自分でも手が付けられず困る。

――最初は、嗜虐心をくすぐるだけの存在だった。

時期が来たらすぐに手放す、性欲を満たすためだけに愛でる〝ペット〟。

そんな彼女に、俺が今まで抱いたことのない、嫉妬心や独占欲、庇護欲《ひごよく》に執着心までも教えられた。

そのすべての感情、欲情をひっくるめて、歩への恋情だと認識したのは、彼女に危害が及ぶことを想像して荒れ狂った、まさにあの瞬間だった。

――そう思っていたが……。

「…………」

俺は無意識に顎を撫でた。

あの子猫を交番から預かった時、俺は無自覚のうちに、歩の代わりに愛玩できるなにかを欲していたのか。

子猫が自分の名前だと思い込むほど、彼女の名を呟いていたのか。

自分に向けて疑問を発するうちに、妙なくすぐったさに襲われる。

――と、その時。上着のポケットの中で、スマホが振動した。

「……っ」

反射的にギクッとして、足を止める。

廊下の端に寄り、取り出したのはプライベートのものだ。

モニターを見ると、歩からのＬＩＮＥの着信だった。

軽く親指をスライドさせて、メッセージを確認する。

【純平さん、お疲れ様です。夕食のご希望があれば、お時間ある時にお返事ください】

『お前の手料理が食べたいから、今日は早く帰る』と言ってきたから、張り切っているのだろう。

トーク画面をスクロールすると、ひと月ほど前に毎日のように届いた、夕食の献立を報告するメッセージが並んでいる。

一度は手放した彼女が、また俺のもとに戻ってきた。何気ないメッセージに、改めて実感が湧いてくる。

俺は、ついつい目元を綻ばせて、

【鮎の塩焼き】

サッと指を走らせ、返信した。

歩はスマホを手にしているようで、俺の方からの吹き出しにすぐに既読表示がつく。

【ええっ。鮎の塩焼き？　冷蔵庫にないので、難しいかもしれません……。お仕事中

なのに、お返事ありがとうございます！】

続いて、頭から汗を噴いて恐縮する、猫のスタンプが送られてきて……。

「仕事中」

メッセージの一単語を読み上げ、ハッと我に返った。

そうだった、仕事中。なにを普通に返信しているんだ、俺は……。

そそくさとスマホをポケットに戻し、無駄に胸を張って廊下を歩き出す。

しかし——。

「……なにが、鮎の塩焼きだ。んなもん、食ってないだろうが……」

自分への羞恥心で、独り言ちる口元を手で覆い隠した。

早めに仕事を切り上げマンションに帰宅すると、歩が「お帰りなさい！」と、スリッパをパタパタ鳴らして玄関先まで走ってきた。

「ああ。ただいま」

靴を脱ぎながら、さらりと返して……。

「…………」

ここでも身を襲うくすぐったさに、口を噤んで手を遣る。しかし、彼女は俺の様子に気付かない。横を通り過ぎて先を歩く俺の後についてくる。

「お夕食、今できたところなんです。あ、先にお風呂にしますか？」

わかりやすく弾む声には、「いや」と答える。

「先にいただく」

ネクタイを緩めながらリビングに入ると、なにやら香ばしい匂いがした。

無意識に鼻を利かせる俺に、彼女が「あ」と声をあげる。

「せっかくリクエスト貰ったのに、鮎の塩焼きじゃなくてすみません」

もちろん他意はないだろうが、妙な気恥ずかしさが込み上げてくる。

ソファに歩き、上着を放り投げて、ネクタイを解く。

「……なにを作ったんだ？」

キッチンに入っていった背中に問いかけると、歩は俺を振り返り、

「コロッケです」

そう言って、にっこり笑った。

「コロッケ？」

俺は首からネクタイを引き抜き、上着の上に落としてから、ダイニングへと向かう。

「純平さん、覚えてませんか？　私、ここで初めて作ったのが、コロッケもどきのお

焼きで」

「ああ……」

その時の記憶は、すぐに蘇ってくる。

顎を撫でながら相槌を打ち、ダイニングテーブルに並んだ皿に目を落とした。

最初の時とは違い、こんがりきつね色に揚がったコロッケとキャベツの千切り、副菜にひじきの煮物まで用意されている。

「わりと食材があって、驚きました。パン粉まであるし！　あ、お味噌汁はわかめとお豆腐です！」

「……そうか。美味そうだ」

俺は、椅子を引いて腰を下ろした。すると、テーブルの下にいたのか、子猫が俺の足に擦り寄ってくる。

「ん？　なんだ。お前も食いたいか？」

俺が子猫に話しかけていると、歩がご飯と味噌汁の椀《わん》をのせたトレーを持ってやってきた。

「大丈夫。あゆみんのご飯は、さっきちゃんとあげました」

「ふ～ん。……なんだ、あゆみんって」

軽く受け流しかけて、向かい側の椅子に腰を下ろす彼女にツッコむ。

「子猫の名前です」

しれっと返され、俺はギョッと目を瞠った。

「おい、なにを勝手に名前つけてんだ」

「だって、さすがに自分の名前とまったく同じだと、呼びにくいんです」

歩は悪びれずに言って、「いただきます」と両手を合わせた。

「いやいやいや、聞けよ。そもそも、〝歩〟でもないぞ」

腰を浮かせて畳みかける俺に、ひょいと肩を竦める。

「でも、〝歩〟以外は反応しないし。〝あゆみん〟なら、辛うじて鳴いてくれたので。苦肉の策です」

味噌汁の椀を口に運び、ズズッと啜るのを見て、俺は天井を仰いだ。

「せめて、俺にも呼びやすい名前つけろよ……」

「いいですよ？　純平さんは、今まで通り〝歩〟って呼んでくれて。でも、もれなく私も返事をします」

まるで、〝歩〟という名を猫と取り合って、張り合っているようだ。

これでは、子猫に呼びかける度に、無自覚のうちに彼女を欲していたことを思い知らされる。

——なんだ、この途方もない敗北感は……。

テーブルに肘を突き、ガクッとこうべを垂れる俺を、歩がクスクス笑った。

「ささっ。純平さんも温かいうちに食べてくださいい。揚げたてですよ～」

言い負かされた屈辱感で、舌打ちしたいのを堪えてゆっくり顔を上げると、歩はコロッケに箸を入れていた。『揚げたて』という言葉通り、サクッと音がする。

「いつも以上に、自信作なんですよ」

一口食べて満足そうに頷くのを見て、俺も深い溜め息をついてから箸を手に取った。

「……いただきます」

手を合わせて、促されるままにコロッケを切り分け、口に入れる。

その様を、歩がジーッと音が出そうな勢いで見守っていた。

「ど、どうですか？」

『自信作』と胸を張ったわりに、俺の評価を気にして、身を乗り出してくる。

俺は無言でモグモグ口を動かし、ごくんと飲み下してから、

「……美味い」

短く答えた。

すぐにパクパクと食べ進める俺に、彼女もホッと安堵した息を漏らす。

「よかった〜。純平さんも、うちの味気に入ってくれて」

自分も食事の手を再開してから、なにやら上目遣いに窺ってくる。

「今度は、なんだ」

茶碗を置いて促してやると、改まった様子でピンと背筋を伸ばした。

「無理にとは言いませんけど……デザートも、作ったんです」

「デザート？」

「ミルクプリン。純平さんでも食べられるように、甘さ控えめの」

早口で言い切って、俺の反応を探ってくる。

「俺は、甘い物は嫌いなんだが」

味噌汁の椀を手に取り、目を伏せ一口啜ってから返事をした。

「ですよね！　だから、無理にとは……」

「だが、お前が作ったものなら、なんでも食べる。味は確実だしな」

テーブルに椀を置き、ふっと目線を上げると……。

「ん？　どうした？　お前」

歩が火を噴きそうな勢いで、顔を染めていた。

「なんか、その……偽装じゃなくなるだけで、純平さんがこんなに甘々になるなんて。幸せ噛みしめてました……」

暑くもないのに、手の甲で額の汗を拭う仕草を見せる。

「甘々？　大して変えてないが」

「無自覚でそれですか……もう、堪らない」

真っ赤な顔を伏せ、やたらせかせかと食べ進める様を、頬杖をついて眺め……。

「……ふっ」

俺も、満ち足りた気分で目尻を下げた。

エピローグ

　世間が夏休みに入る一週間前に、東京の梅雨が明けた。

　朝から殺人的な陽射しが注ぐ猛暑に見舞われた七月下旬、私は純平さんのご両親に挨拶するために、初めて瀬名家を訪ねた。

　大正時代から、先祖代々受け継がれてきたという、博物館みたいに立派な洋館。運転手の袴田さんから、高級住宅街の高輪でも抜きん出た豪邸とは聞いていたけど、それにしたって凄すぎる。

　一階の広々した応接室に通された私は、極度の緊張でガチガチに肩を固まらせた。

「しかし、まさか、梗平より先に、純平が結婚とはなあ。しかも、こんなに若いお嬢さんと」

　向かい側のソファで斜めの位置に座ったお父さんが、長い足を組み換え、しみじみと言った。

「純平が指揮を執っている事件に巻き込まれて、誘拐されそうになったとか。災難でしたね」

対面のお母さんが、私を気遣ってくれる。

あの時の恐怖が、一瞬胸によぎったものの……。

「でも、純平さんが助けに来てくれました。あ、いえ。それよりもっと前から、私を守ってくれて……」

私は眉尻を下げ、ポッと頬を赤らめた。

お母さんが、「あらあら」と悪戯っぽく微笑む。

日本の警察界の歴代トップを多く輩出してきたという、警察官僚一族。

袴田さんから事前にご家族のことを聞いたりしたせいで、一筋縄ではいかないキレ者揃いという先入観があり、私は戦々恐々としていた。

今日の訪問が決まった一週間前から、緊張で眠れなかったけど、こうして会ってみると、わりと普通のご両親だ。

前警視総監というお父さんは、やはり威厳があるものの、第一線を退いているからか温和な雰囲気だし、お母さんはとても上品な美人で優しい。

純平さんって母親似かな……なんてことを考えられる程度に、私の緊張も和らいだ。

私の隣で、さっきからずっと無言でコーヒーを飲んでいる、彼の涼やかな横顔を、そっと窺い見た時。

「やっと挨拶に来たか、純平」

ドア口からそんな声が聞こえて、みんなが一斉にそちらに顔を向けた。

上質なスーツを纏った長身の男性が、こちらに向かって悠然と歩いてくる。

純平さんと面立ちがよく似た、その男性は——。

「あら、梗平。あなたも来たの」

「純平が結婚報告に来るって聞いたからね」

お母さんとのやり取りがなくても、瀬名家の長男、純平さんのお兄さんの梗平さんだとわかった。

純平さんとはひとつ違いの三十四歳。警察ではなく司法の道に進み、現在裁判官の職に就く、瀬名一族の異端児と聞いている。

私は、弾かれたように立ち上がり……。

「はっ、初めまして！　わ、わたっ、わたくし、菅野歩と申しましゅっ……」

ご両親に挨拶した時と同じ緊張がぶり返してきて、情けなく噛んだ。

梗平さんは、サイドのひとり掛けソファに腰を下ろそうとして、中途半端な体勢で止まった。

「……ましゅ？」

私の語尾を拾い、わざわざ反芻して、

「ぶっ」

盛大に吹き出す。

「ふふふ」

ご両親までつられて笑い出し、私は頭から湯気が立ちそうなほど顔を茹だらせた。

「歩。ここにいるのは、一応全員人間だ。ちょっと落ち着け」

純平さんが、頭痛を抑えるかのように、額に手を当てる。

「す、すみません……」

穴を掘ってでも入りたい気分……。

「可愛い嫁さんじゃないか。これなら純平でも、毎日大事に送迎車つけたくなるな」

梗平さんは、私を通り越して純平さんに冷やかすような目を向けて、ソファに腰を下ろした。純平さんが、ピクッと眉尻を動かす。

「そういう意味で送迎させたわけじゃない。それから、まだ嫁じゃない」

「え？」

「結婚報告ではなく、婚約報告だ」

梗平さんが、眉根を寄せて首を捻る。

「あ」

そういえば、袴田さんから聞いていた。

梗平さんが、私のことを、純平さんの本物の妻だと思っていると。

「あ、あの。梗平さん。純平さんは、私を保護してくれただけなんです」

わずかに身を乗り出して、説明を挟む。

「保護？　でも、純平のマンションで一緒に暮らしてたんだろう？」

「は、はい」

「袴田さんの話じゃ、マンションのコンシェルジュも、『奥様』と呼んでたって」

これから本当に結婚するとはいえ、今まで偽装結婚していたなんて、ご家族に話せるわけがない。

「そうなんですけど……」

私は両手の指を絡ませ、歯切れ悪く呟いた。

梗平さんだけじゃなく、ご両親も訝しげに首を傾げる。

そして。

「純平。お前まさか、歩さんを騙して誑《たぶら》かしたんじゃ……」

前警視総監のお父さんの目が、険しく光る。

お母さんにも疑いの視線を向けられ、純平さんは渋く顔を歪めて溜め息をついた。

「人聞きが悪い。騙してないし、誑かしてもいない。ついでに言うと、結婚詐欺を働いたわけでもない」

彼の弁解に、私も大きく首を縦に振った。

「そうなんです。ですから、決して犯罪では……」

「マンションの住人の間で悪い噂が立たないよう、夫婦関係を偽装したということか？　ママゴトみたいなものか」

ほんの一瞬前、純平さんを〝犯罪に手を染めた警察官僚〟といった目で見たお父さんが、そう言ってあっさりと納得した。

「そんなところだ」

純平さんも、顔色ひとつ変えずに頷く。

「な？」

私に同意を求めて、チラリと視線を投げてくる。

「え、ええと……」

〝偽装結婚〟の罪悪感を和らげるために、本当に夫婦生活をしてきたわりに、〝ママゴト〟で終わらせようとする――。どこか納得いかず、私は目を泳がせて言い淀んだ。

ところが。

「なんだ。結婚詐欺なんて言うから、てっきり……。夫婦関係の偽装にしても、籍入れてないんじゃ、犯罪の議論にも値しないな」

「え？」

梗平さんがしれっと口にしたひと言に、私の耳がピクッと動いた。

その意味を理解しようと何度も瞬きをして、勢いよく純平さんを見上げる。

「なんだよ」

純平さんはムッと唇を曲げて、素っ気なく言ったけれど。

「籍を入れてなければ、犯罪じゃない……？」

「……あ」

呆然と訊ねる私にハッとしたように、口に手を遣った。

「夫婦のフリをするだけなら、ママゴトと同じ。偽装結婚じゃなかった……？」

「…………」

純平さんは、私にはなにも答えず、きまり悪そうにツーッと視線を流す。

彼の横顔をじっとりと見つめるうちに、私の中で理解が繋がった。

私たちの関係は、最初から犯罪でもなんでもなかった。

なのに、なのに……！

「どうやら、歩さんにとっては、〝騙された〟が正解かな？」

梗平さんがソファにゆったりと背を預けて、訳知り顔で薄い笑みを浮かべる。

「まあ……」

「悪魔だな、お前」

彼に呼応するかのように、ご両親も純平さんに咎める目を向ける。

純平さんはそっぽを向いて、苦い顔をして黙っていたけれど。

私は言いようのない悔しさに、わなわなと震えた。

「ひっ……酷い、純平さんっ！」

思わず腰を浮かせて声を上擦らせる私の前で、彼はガシガシと頭を掻いた。

そして。

「……結婚、辞めるか？」

どこかふて腐れたように、予想外なことを問われ、

「えっ」

私は虚を衝かれて声をのんだ。

くぐもった声を漏らし、含み笑いをしていた梗平さんが、ソファをギッと軋ませて

背を起こす。

「歩さん。騙されたとは言わなくても、誑かされたのは間違いないから、純平を訴えてみるかい？　なんなら俺が調停でもなんでも担当してあげるけど」

「⁉　う、訴え……？」

思いもしない提案にギョッと目を剥く私の隣で、純平さんが忌々しげに溜め息をついた。

「お前の好きにしろ」

突き放すような言葉に、一瞬ズキッと胸が痛んだ。

だけど……。

「俺は、お前以外の女と結婚する気はないからな。今度は正攻法で一から口説き直す。気長に時間かけてたっぷりと」

「！」

ニヤリと、好戦的な笑みを浮かべて挑まれ、私の胸が猛烈に高鳴る。

瞳に宿る強い光を見れば、私が梗平さんの提案を受けるとは、ほんの少しも思っていないのがわかる。

それは、彼だけじゃない。お父さんもお母さんも、そして言い出した張本人の梗平さんも――。

　私は、こくりと喉を鳴らした。

　ちょっぴり目を泳がせて、純平さんの手をきゅっと握り……。

「辞めたり、しませんよ。純平さんのこと、大好きですから……」

　言いながら、惚気《のろけ》なのを自覚して、最後は顔を真っ赤にして縮こまった。

「……ふっ」

　私の頭上で、純平さんが吐息混じりにほくそ笑む。

「ふふっ」

　彼から一拍遅れて、お母さんがクスクス笑い出した。

　まるで伝播《でんぱ》するように、お父さんも、梗平さんも、満足げに肩を揺らす。

　広い応接室に明るい笑い声が零れて、私はそっと顔を上げた。

　私を見下ろしていた純平さんと目が合い、照れ臭い気分で目尻を下げる。

　意地悪でドSで、厳しく冷酷な警察官僚。

　世の中の多くの人々が、彼を恐れ、悪魔と呼んでも――。

　私にとっては、なによりも誰よりも愛おしい、極上の悪魔だ。

特別書き下ろし番外編

見出す

十一月最初の土曜日。俺、朝峰拓哉は、午後五時で仕事を切り上げ、瀬名さんと一緒に警視庁を出た。

瀬名さんが運転するベンツの助手席に座り、彼の自宅であるタワーマンションに向かっている。高層階のメゾネットタイプで、ひとり暮らしには贅沢すぎると思っていたが、つい先日菅野さんと入籍して、今はふたりの愛の巣だ。

今夜俺は、ホームパーティーに招かれていた。

『続いて、麻薬売買事件に関するニュースです』

マンションまであと五分ほどの交差点で赤信号に引っかかり、車が停止するのと同時に、カーテレビから女性キャスターの堅苦しい声が聞こえた。

ハンドルの上で、瀬名さんの指がピクリと動く。

『今年六月、二十代の女性会社員を誘拐しようとした罪で、今日、東京地裁で、麻薬売買組織の構成員三人に対する初公判が行われました』

瀬名さんの表情は動かないが、音声に全神経を研ぎ澄ませているのがわかる。

今夏、国際麻薬密売組織『ミッドナイト』に関与した麻薬売買事件で、俺たち警視庁捜査一課瀬名班は、複数の末端構成員を検挙した。

一連の事件の中心人物、作倉義一の初公判が先日行われ、これからしばらく、事件絡みの裁判が続く。

『この三人は、同女性に対する個人情報保護法違反や、警察への器物損壊罪など、複数の罪に問われていて、検察は懲役四年を求刑しました』

テレビ画面に、見慣れた構成員三人の顔写真が映し出された。

瀬名さんが「ふう」と息を漏らすのを聞いて、

「四年か……。結果的に、作倉よりも重い求刑になりましたね」

俺はそう声をかけた。

作倉は第一審で、懲役三年執行猶予三年の実刑判決が下された。

これを不服として、即日控訴している。

「どっちも温いな」

窺い見た横顔は、相変わらず涼しげで、返答も淡々と素っ気ない。だが、そこに秘められた深い憤りと憎しみは、肌で感じられる。

――まさか、この人が、仕事に私情を挟む日が来るとは……。

「……そうですね」

俺は短く同意して口を噤み、助手席側の窓から外に目を向けた。

俺は、警察界では名の知れた瀬名一族分家筋の生まれで、物心ついた時には、将来警察の道に進む運命にあることを、子供ながらに理解していた。

刑事になることに特段疑問はなかったものの、強い信念はなく、正義感溢れる熱血漢でもない。

任務だから、事件を捜査する。

容疑者だから、追って逮捕する。

犯罪者だから、裁くために検挙する。

今まで、特に思い入れのある事件もなければ、被害者に同情したこともない。加害者に苛立つことはあっても、憎んだことはない。

淡泊で器用貧乏だという自覚はあるが、俺にも瀬名一族の血は流れていて、刑事としての素質には恵まれていたようで、粛々と任務をこなしているだけで、順調に昇任してこれた。

官僚と刑事……志の方向こそ別だが、俺は瀬名さんも同類だと思っていた。

——菅野さんを盾にされて、激情に駆られて作倉に掴みかかる彼を見るまでは。

「ただいま」

瀬名さんが玄関先から声をかける横で、俺は勧められたスリッパに足を突っ込んだ。

「お邪魔しまーす」

手土産のブーケが入った白い紙バッグを手に廊下に上がっても、応答はない。

廊下の突き当たり、奥のリビングには、煌々と電気が灯っているが……。

「……予想外。菅野さんのことだから、『お帰りなさい！』って、尻尾を振って転がり出てくるかと」

拍子抜けしてポリッとこめかみを掻く俺に、瀬名さんが「お前な」と眉根を寄せた。

「犬じゃないんだぞ」

「あ。でも、子猫が出てきた」

「子猫でもねえ……ってなんだ、本物の方か」

凄んで返してきたものの、ドアの隙間から出てきたのが本物の黒い子猫だったから、ひょいと肩を竦める。

「朝峰、入れ。張り切って料理してて、気付かないんだろ」

「はい」

瀬名さんは俺を促し、先に立って歩いていった。途中で猫を摘まみ上げ、肩に乗せる。猫は俺の方を向いていて、目が合った途端、『シャーッ』と威嚇された。

「本物の愛玩子猫ちゃん、随分大きくなりましたね。名前、なんて言うんですか？」

「お前は知らんでいい。……と」

奥のドアが内側から開き、瀬名さんがピタリと足を止める。

「こんばんは、瀬名さん。お邪魔してます」

わりと背の高い、少し伸びたショートボブヘアの女性が、ドア口に姿を現した。初めて見る顔。なかなかの美人で、当然菅野さんではない。

「ああ、渡瀬さん。いらっしゃい」

〝客〟に出迎えられて、彼も虚を衝かれたようだ。

「瀬名さん、あの……」

女性は彼の方に踏み出し、俺に気付いて口を噤んだ。

彼が、「ああ」と軽い調子で、俺を肩越しに見遣る。

「俺の従弟で、警視庁捜査一課の刑事、朝峰です。朝峰、彼女は渡瀬さん。歩と同じ会社の同期だ」

「初めまして。朝峰です」

紹介を受け、俺は彼女に微笑んで見せた。

「渡瀬桃子です。……あの、瀬名さん」

彼女……渡瀬さんは、自己紹介どころではない様子で、硬い表情で背後を気にする。

「歩が……」

瀬名さんは、訝しげにその視線を追い……。

「っ……！」

次の瞬間、彼女の横を摺り抜け、リビングに飛び込んだ。

「あ、瀬名さん！」

俺もつられて床を蹴る。猛然と突進する彼の後に続こうとして、リビングの中ほどで立ち止まった。

ソファとローテーブルの間の床に、菅野さんがうずくまっている。

「おいっ、大丈夫か」

瀬名さんは鋭い声で呼びかけ、片膝を突いて彼女の肩を抱いた。

「っ……」

心臓がドクンと沸き立ち、俺はその場に立ち尽くした。

「ついさっきまで……歩、張り切って料理してたんです」

渡瀬さんが遠慮がちに近付いてきて、俺の隣で足を止めた。

「おふたりを待つ間に、私がテレビを点けたら……」

その言葉に導かれ、俺は大きなテレビに目を向けた。夕方の報道番組が映し出されている。

なにが起きたかは、想像に難くない。

「歩……会社では、いつも明るく元気にしてるんですけど……時々ひとりで、必死に呼吸を整えようとしてることがあるんです。今日はあの事件の犯人の初公判だから、私も気をつけなきゃって思ってたのに、油断して……」

「……渡瀬さんのせいじゃありませんよ」

声を詰まらせる彼女に、それだけ返すのがやっとだった。

作倉の逮捕以降、警視庁はミッドナイトの完全壊滅に向けて士気を高めている。

だがそれと引き換えに、菅野さんはごく普通だった平和な日常を失った。

『明るく元気』――ちょっぴり抜けてて、能天気――だからって、誘拐未遂なんて恐ろしい目に遭って、トラウマにならないわけがなかった。

こんな状態になっていたとは、知らなかった。瀬名さんはあれからずっと、こうして菅野さんを支えてきたのか……。

身近な人が苦しむ様を目の当たりにして、さすがに胸が詰まる。

思わず目を伏せると。

「ん？　……なんだ、お前か」

俺が手に提げている紙バッグに、猫がしきりに鼻をヒクヒクさせている。

「おいで、猫ちゃん」

渡瀬さんが猫を抱き上げ、ゆっくり立ち上がった。

「今日は、お暇《いとま》した方がよさそう……ですかね」

俺がためらいながら意見を求めると、返事に迷う様子で黙り込む。

けれど。

「……いいえ。歩さえ大丈夫なら、パーティーしましょう」

「え？　でも」

俺が言葉を返すと同時に、猫が、「みゃあ」と鳴き声を挟んだ。

「私たちで賑やかに盛り上げて、歩を元気づけてあげましょう！」

ついほんの一瞬前、『自分のせい』と自分を責めた彼女に力強く言われ、俺は息をのんだ。

ここは瀬名さんに任せて、そっとしておくべきか、と考えた俺とは逆の発想――。

俺は、紙バッグの中のブーケに目を落とした。菅野さんのイメージだと思い、鮮やかなオレンジや黄色の花で作ってもらった。

確かに、渡瀬さんの言う通りだ。

「そうですね。じゃあ、渡瀬さんと俺、ふたりで」

気を取り直し、胸を反らして承諾すると、渡瀬さんがくすっと笑って、俺の顔の高さに黒猫を抱き上げた。

「ふたりプラス一匹です」

「ふぎゃっ」

俺に白い腹を向けられた猫が、抗議するかのように、ジタバタと両手足を動かす。その姿態がなんともけったいで、俺は「はは」と苦笑いした。

「じゃあ、渡瀬さんと俺と猫で。行きましょう」

グッと顎を上げ、ふたりの方に歩き出すと、彼女も後からついてきた。

「瀬名さん」

そばまで行って声をかけると、瀬名さんが目線を上げた。

「ああ、朝峰。渡瀬さんも……すみません」

硬い表情で言って、菅野さんの茶色い髪を見下ろす。

「おい、立てるか?」

そう問いかけながら、彼女を支えてゆっくり立ち上がった。

菅野さんが、そろそろと顔を上げた。

「……大丈夫?」

目が合って、ぎこちなく微笑む俺に、

「朝峰さん……。す、すみません、大丈夫です。お出迎えできなくて、ごめんなさい」

顔色は優れないのに、笑顔を作ろうとする。

「桃子も、心配かけてごめんね」

続けて視線を向けられ、渡瀬さんは勢いよく首を横に振った。

「私のことなんかいいから。……あの、歩さえよければ、私も朝峰さんも、もう少し居ようって相談したんだけど……」

「! もちろん。お料理も準備できてるし。お願い、ゆっくりしていって?」

菅野さんが、まるで懇願するように、俺たちに交互に目を向ける。

「俺からも頼む。ふたりさえよければ、ゆっくりしていってくれ。賑やかな方が、こいつの気も休まるから」

瀬名さんは彼女に補足して、その頭にポンと手を置いた。

上目遣いに見上げる彼女に、切なげな儚い笑みを返す。

——俺は今まで、彼のこんなに痛々しい表情を、見たことがない。

なにか胸が震え、鼻の奥の方がツンとした。

菅野さんだけじゃない。瀬名さんも、いつもの調子に戻ってもらわないと……。

「それじゃあ……僭越《せんえつ》ながら、パーティーの開始、仕切らせていただきます」

俺は、こっそり鼻を啜ったのを誤魔化そうと、声を明るく一転させた。

「菅野さん、結婚おめでとう！」

紙バッグからブーケを取り出し、菅野さんの前に差し出す。

「わあっ……。ありがとうございます！」

彼女は一瞬虚を衝かれた様子で目を丸くしたが、声を弾ませた。

「わ、可愛い！　黄色とオレンジのお花。歩によく似合うね」

ブーケの色の意図が伝わったのか、渡瀬さんもはしゃいだ様子で、彼女の手元を覗き込む。

「ほんと？　嬉しい」

「うんうん。心がパーッと明るくなる……って、あれ？」

言葉の途中で、自分の腕の猫に目を落とした。

猫は「なーお」と鳴いて、ブーケを包むセロファンを、宙で引っ掻くような仕草をしている。

「なあに、猫ちゃん。猫ちゃんもお花が見たい？」

渡瀬さんは、猫の顔がブーケの正面に届くように抱え直した。

そして、なにか思い出したのか、「あ」と口を開ける。

「そうだ。歩、この子の名前、教えてよ」

『猫ちゃん』と呼んでいたのは、名前を知らなかったからか。

俺より前からお邪魔していたのに、今まで話題にしなかったのか……？

「にゃあ～」

「う。ええと……」

猫が花に猫パンチして鳴く横で、菅野さんが目を泳がせて返事を濁す。

「…………？」

俺は無意識に口元に手を遣り、首を捻った。

そう言えば、俺も瀬名さんに『知らんでいい』と話を逸らされた。

──猫の名前を、知られたくない理由でもあるのか？

忙しく思考を働かせて、瀬名さんに目線を動かす。

目が合った途端、ゴホンと咳払いして、顔を背ける様を見て――。

「……ぶっ」

推理するまでもない、単純明快な真理に辿り着き、俺は思わず吹き出してしまった。

「？　朝峰さん？」

渡瀬さんが不思議そうな顔で、呼びかけてくる。

「あっ、あの」

菅野さんが声を挟むが、瀬名さんの方は、俺が猫の名前の謎を解き明かしたのを、お見通しだろう。威圧めいた力を込めた目で、俺をぎろりと睨んでいる。

「あ～……いえ、すみません。なんでも」

俺は込み上げる笑いを殺し、目尻に涙を滲ませた。

「そうだ。菅野さん、写真撮ってあげるよ。本物の花嫁さんみたいだし、記念に」

無理矢理笑いをのみ込んだせいで、頬骨のあたりがヒクヒクするのを堪えながら、取ってつけた提案をする。

「えっ。ありがとうございます！　じゃあ、桃子も一緒に」

菅野さんは助け船と受け取ったようで、わかりやすくホッとした顔をした。

「うん。あ、朝峰さん、私のスマホでもお願いします！」

渡瀬さんは窓辺の方に引っ張られながら、ポケットから取り出したスマホを、俺に差し出してくる。

「OK。任せておいて」

俺は笑顔でヒラヒラと手を振ってから、瀬名さんに横目を流した。

「……なにか文句あるか」

苦虫を噛み潰したような顔を見て、ここでも笑い出したいのを堪える。

「いいえ。他人に教えにくいの、よくわかりますから」

「……ちっ」

忌々しげに舌打ちする様が、いつもの彼らしい。

俺は無言で目尻を下げ、窓辺に並ぶ女性たちに視線を戻した。

自分のと渡瀬さんのとふたつスマホを持ち、カメラアプリを起動していると。

「……ありがとう、朝峰。残ってくれて、助かった」

静かな謝辞を向けられ、心臓がドクッと沸いた。

「俺はなにもしてませんよ」

スマホを覗いたまま、視界の端に映る彼に、それだけ答える。

「ふたりとも、準備いい？　撮るよ」

カメラのファインダー越しに、ふたりがOKサインを見せるのを確認して、

「はい、三、二、一！」

渡瀬さんのスマホを使い、二回連続でシャッターを押した。

「……作倉の初公判の時は、大丈夫だったんだ」

瀬名さんがポツリと呟く声を拾って、スマホから顔を離す。

「大きな音や、激しく揺れる感覚……最近は、冷や汗を掻いて震えることも少なくなった。だが、なにもかも全部、あの時俺が油断して、歩を手放したせいだ」

彼は、スラックスのポケットに片手を突っ込み、目を伏せた。

「だからこそ、この先は俺が必ず歩を守る。なにが起きても。気概は十分なんだが……ああなった時は、力が及ばない。不甲斐ないな」

自嘲気味に吐露する彼に、俺は返事に窮《きゅう》した。

目を伏せ、一度ぎゅっと唇を噛み、

「……じゃ、次はこっちで！」

女性たちに声をかけ、自分のスマホでアングルを合わせる。

「はい、もう一度。三、二、一！」

胸に迫るものを感じながら、シャッターを二回押し、肩を動かして息を吐いた。

「……不甲斐なくないですよ。瀬名さんがそばにいるから、菅野さんは、パニックになっても立ち直れる」

上手い言葉を探したが見つからず、ちょっと歯痒い気分で声を挟んだ。

「俺、いくらでも力になります。この笑顔を、取り戻すためなら」

身体ごと彼に向き直り、たった今撮った画像を収めたスマホを差し出す。

瀬名さんはそこに目を落とし、ピクッと眉尻を動かした。

「こうして、ただ笑わせるだけなら、俺でも渡瀬さんでも力になれます。でも、この笑顔を守ってあげられるのは、瀬名さんだけです」

黙ったまま何度か頷いて、グッと顔を上げると……。

「それが、俺の使命だ。お前に言われるまでもなく、重々承知している」

いつもの彼らしい不敵な物言いに、心の底からホッとすると同時に、なにかが繋がった気がした。

「そうか、使命……」

無意識に繰り返した言葉が、俺の胸にストンと落ちてくる。

「え？」

瀬名さんが聞き返してくる。

「……いえ」

俺は、目を細めてニッと笑って見せた。

「じゃ、次は瀬名さんもご一緒に」

「は？」

意表をつかれた様子で目を丸くする彼の背を、トンと押した。

「わ、いいですね！　瀬名さん、早く早く〜」

渡瀬さんが、こちらに向かって大きく手招きをしている。

瀬名さんは半分つんのめるように踏み出してから、「おい」と顔を渋く歪めた。

「瀬名さんが嫌なら、俺が両手に花で撮ってもらっても……」

「……ったく」

不服そうに口をへの字にしながらも、俺が萱野さんの隣に並ぶのは許せないのか、歩き出す。俺は小さく含み笑いして、その背を見送った。

『使命』。

俺が同類だと思っていた瀬名さんは、自分の人生にそれを見出したのか——。

萱野さんを真ん中に並ぶ三人を、ファインダー越しに見つめる。

はにかんだ笑みを浮かべる萱野さんと、悪戯っぽく目を細める渡瀬さん。素知らぬ顔の猫。

瀬名さんは、どんな顔をしていいかわからないのか、憮然とした面持ちだけど——。

彼に触発されて、俺の中で巻き起こる、今までに感じたことのないムーヴメント。

燻《くすぶ》りながら燃え広がる使命感に突き動かされ、静かに高揚する自分がいる。

「……じゃ、撮りま〜す」

そう言って、自分を落ち着かせた。

「瀬名さん、笑ってくださいよー」

茶化して付け加えると、ファインダーの中の彼が、ほんのちょっと苦笑した。

その瞬間を逃さず、シャッターを切る。

スマホに残ったのは、幸せな笑顔に満ちた一瞬を切り取った画像。

この瞬間が続くよう、刑事の俺が、ふたりの安全な生活と平和な未来を守るという使命を引き取るから。

だから、瀬名さん、菅野さん。

安心して、末永くお幸せに。

あとがき

警察ヒーローには、トラウマがありました。

今から遡ること五年。二〇一六年、私はマカロン文庫で『極上男子シリーズ』という三部作を出版しました。ヒーローは今シリーズと同じ、弁護士、パイロット、外交官。実は当初、第三弾のヒーローは外交官ではなく刑事でした。なんと脱稿後、『他の職業で』と言われ……脳みそを搾って生み出したのが外交官です。担当さんは『新しい』と大喜び。警察物は、誰の目にも止まらないまま、お蔵入りとなりました。

まだ数作しか出版していないド新人の私じゃ、ハイスペックとも言えない警察は売れないと判断されたんだろうな……悔しくて悲しくてやっぱり腹立たしくて、いつまでも心に残ったまま、消えないしこり。今回のご依頼で、改めて直面させられました。『何故私に』というのが、正直な本音。『チャレンジ枠』という言われ方をされたこともあり、私が書いても五年前と結果は同じだろうと後ろ向きでしたが、幻の第三弾の供養という気持ちで書いてみることにしました。

編集部は刑事というよりサラブレッド的なキャリア警視というイメージでいたので、

ヒーローの純平を事件の捜査に行かせることができず拍子抜けでしたが、それじゃあただのお役所仕事になってしまう。警察物らしさを出すため、純平は必然的に、警察庁刑事局所属で警視庁に出向中という設定になりました。最初から純平視点を本編に組み込み、ドS悪魔とのギャップも大事にしてましたが、改稿段階で『極上なので三枚目っぽくならないように』と指示が入り、泣く泣く削りました。

　事件に巻き込まれる不幸な一般人ヒロイン・歩との、温度差溢れるやり取りとその変化も、大事にしたポイントです。

　凶悪犯罪の捜査？と恋愛、ふたつの大きな軸がある作品は山場を設定しやすく、結果的に、久しぶりに楽しく一気に書けました。

　余談ですが、警察物スピンオフを狙い、純平の兄や従弟の朝峰もキャラ立ちさせておきました。特に朝峰は気に入っていて、今作の結果がどうでも、いつかこっそり、彼をヒーローにした作品をどこかで書こうと目論んでます。私の警察物、これからも楽しんでいただけると嬉しいです。

　最後になりますが、この作品の書籍化にお力添えくださったすべての皆様に、御礼申し上げます。お手に取ってくださった読者の皆様、ありがとうございました。

水守《みずもり》恵蓮《えれん》

水守恵蓮先生への
ファンレターのあて先

〒104-0031
東京都中央区京橋 1-3-1
八重洲口大栄ビル7F
スターツ出版株式会社　書籍編集部　気付

水守恵蓮先生

本書へのご意見をお聞かせください

お買い上げいただき、ありがとうございます。
今後の編集の参考にさせていただきますので、
アンケートにお答えいただければ幸いです。

下記 URL または QR コードから
アンケートページへお入りください。
https://www.berrys-cafe.jp/static/etc/bb

エリート警視正は偽り妻へ愛玩の手を緩めない

【極上悪魔なスパダリシリーズ】

2021年12月10日　初版第1刷発行

著　者　水守恵蓮
©Eren Mizumori 2021

発 行 人　菊地修一

デザイン　hive & co.,ltd.

校　正　株式会社　文字工房燦光

編集協力　森岡悠翔

編　集　須藤典子

発 行 所　スターツ出版株式会社
〒104-0031
東京都中央区京橋1-3-1　八重洲口大栄ビル7F
TEL　出版マーケティンググループ　03-6202-0386
（ご注文等に関するお問い合わせ）
URL　https://starts-pub.jp/

印 刷 所　大日本印刷株式会社

Printed in Japan

ISBN 978-4- 8137-1184-1　C0193

ベリーズ文庫 2022年1月発売予定

Now Printing

『ママですが、極上御曹司に娶られました』 砂川《すながわ》雨路《あめみち》・著

秘書の千華子は次期社長の創成と一夜を共にしてしまい、やがて妊娠が発覚！　創成に惹かれつつも、千華子はある事情から突然仕事を辞め、彼の前から姿を消す。しかし5年後、偶然にも彼に再会して…!?　変わらずまっすぐな愛を伝える創成に、千華子は激しく心を揺さぶられ…。特別書き下ろし番外編付き！

ISBN 978-4-8137-1199-5／予価660円（本体600円＋税10%）

Now Printing

『極上秘夜～仮面夫婦ですが、エリート外交官の子を身ごもりました～』 未華《みはな》空央《そらお》・著

フリーランスカメラマンとして働く美鈴。仕事でモルディブを訪れると、ひょんなことから外交官・大河内と出会う。異国の地で距離を縮めた2人はそのまま一夜を共に…。もう会うはずもなかったのに、帰国後、お見合いで再会して契約結婚がスタート!?　さらにはあの熱い一夜に妊娠していたことが発覚して…。

ISBN 978-4-8137-1200-8／予価660円（本体600円＋税10%）

Now Printing

『エリートパイロットとの偽装結婚は独占愛に満ちていました』 佐倉《さくら》伊織《いおり》・著

グランドスタッフの成海は、ある日超美形な整備士・月島と出会い意気投合。しかし後日空港で出会った月島は、パイロットの制服に身を包んでいて…!?　エリートパイロットの彼は、ある縁談から逃れるため成海に偽装結婚を提案。愛のない関係のはずが、独占欲を露わに甘く接してくる彼に惹かれてしまい…。

ISBN 978-4-8137-1201-5／予価660円（本体600円＋税10%）

Now Printing

『嘘がばれたら極甘同居が始まりました』 惣領《そうりょう》莉沙《りさ》・著

内気でウブな菫は、ある事情から婚約中であり近々結婚をすると嘘をついていた。ある日、友人であり大企業の御曹司・黎に嘘がばれてしまい事態は急転！「菫がずっと好きだった」――黎は熱を孕んだ瞳で迫ってきて、菫を激しく求めてきて…。独占欲全開で溺愛してくる彼に戸惑う中、菫の妊娠が発覚し…!?

ISBN 978-4-8137-1202-2／予価660円（本体600円＋税10%）

Now Printing

『クールなドクターは契約結婚した妻を手放さない』 森野《もりの》りも・著

弟の学費のために医療事務として働く凛音。ひょんなことから心臓外科医の暁斗の窮地を救うと、いきなり契約結婚を持ち掛けられて…！お金のためにと形だけの夫婦になるが、新婚初夜からベッドに縫い付けられ初めてを捧げることに。溺甘旦那様に豹変した彼に心も体も乱されていき…。

ISBN 978-4-8137-1203-9／予価660円（本体600円＋税10%）

タイトル、価格等は変更になることがございますのでご了承ください。

ベリーズ文庫 2022年1月発売予定

Now Printing

『死亡エンドまっしぐらの悪役幼女に転生したはずが、冷徹パパともふもふ聖獣のみんなに溺愛されています』 友野紅子《とものこうこ》・著

前世でハマっていたゲームの悪役幼女・リリーに転生した百合。両親が事故に遭い、叔父である冷徹無慈悲な騎士団長・アルベルトに引き取られるも、このままだと彼の手で殺されちゃう！　生き延びるため、良い子になろうと奮闘するはずが空回りばかりのリリー。でもなぜかそんな彼女にパパはメロメロで…。

ISBN 978-4-8137-1204-6／予価660円（本体600円＋税10%）

Now Printing

『乙女ゲーム「ベルサイユの恋」の悪役令嬢デュ・バリー夫人に転生しました』 踊る毒林檎・著

ブラック企業に勤め、過労死したマリア。しかし気が付くとプレイ中の乙女ゲーの悪役・バリー夫人に転生していた…!?　悪事の限りを尽くすバリー夫人はこのままでは断罪確定。バッドエンド回避のため、メインキャラには近づかないように努めるも、なぜか周囲から「愛されフラグ」が立ちまくりで!?

ISBN 978-4-8137-1205-3／予価660円（本体600円＋税10%）

タイトル、価格等は変更になることがございますのでご了承ください。